www.mayabook.co.kr

www.mayabook.co.kr

www.mayabook.co.kr

www.mayabook.co.kr

刀帝
도제

도제 ④

지은이 | 글작소
펴낸이 | 권순남
펴낸곳 | (주)마야 · 마루출판사

등록 | 2008. 1. 7(제310-2008-00001호)

초판 인쇄 | 2011. 10. 28
초판 발행 | 2011. 10. 31

주소 | 서울시 노원구 상계 1동 1049-25 신영산업 BD 602호
대표전화 | 02-2091-0291
팩스 | 02-2091-0290
이메일 | marubooks@hanmail.net

ISBN | 978-89-280-0536-9(세트) / 978-89-280-0599-4
정가 | 8,000원

잘못된 책은 교환하여 드립니다.
저자와 협의하여 인지를 붙이지 않습니다.

刀帝 4
도제

글작소 신무협 장편소설

MAYA & MARU ORIENTAL STORY

제40장. 바람구멍이 뚫리다 ···007

제41장. 자객을 찾다 ···029

제42장. 옛 장원을 되찾다 ···055

제43장. 또 하나의 혈사 ···081

제44장. 새로운 인연 ···101

제45장. 과거의 진실 ···129

제46장. 맑음이 흐림을 부르다 ···149

제47장. 꽃이 지고, 검이 채우다 ···175

제48장. 거지를 찾다 ···199

제49장. 오해가 생기다 ···221

제50장. 떠돌이 ···247

제51장. 동반자 ···271

제52장. 도리를 따르다 ···287

제40장
바람구멍이 뚫리다

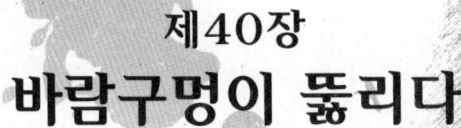

 구름 한 점 없이 맑은 하늘이다. 비스듬히 기운 초승달이 미녀의 고운 눈썹처럼 곱고 아름다운 밤이다.
 그렇게 맑은 밤하늘을 유성이 갈랐다. 아니, 벼락이 번쩍였다.
 쾅- 콰광!
 화장 객잔의 동쪽 벽으로 떨어진 벼락이 서쪽 벽을 부수고 뛰쳐나왔다.
 그제야 발동한 온갖 기관이 객잔 안을 새카맣게 암기로 뒤덮어 버렸다.
 하지만 벼락은… 아니 가슴에 두 여인을 끌어안은 채 이미 객잔 밖으로 벗어난 벽사흔은 아무런 상처도 입지 않았다.

"괜찮……."

물음은 이어지지 않았다.

가슴에 안고 있던 두 여인 중 한 명의 손이 벽사흔의 배에 닿아 있고, 그곳에서 피가 흘렀다.

자신의 배에 비수를 틀어박은 여인을 내려다보았다. 가끔 볼 때마다 자신이 제수씨라 부르던 요해의 부인이 분명했다.

인피면구? 아니, 그 정도를 몰라볼 정도로 눈이 어둡진 않았다.

그러고 보니 여인의 눈이 흐리다. 그 눈을 보자 어디선가 들어 보았던 말이 생각났다.

실혼인.

사파의 섭혼에 걸린 자의 눈이 이렇다던가? 아니, 초혼이라던가? 마치 안개가 낀 듯이 머리가 흐릿해져 왔다.

휘청-

다리가 풀리고 자신도 모르게 무릎이 꿇렸다.

독? 아니다. 독에 당할 정도로 약하지는 않다. 하지만… 치료를 위한 미혼약이라면…….

저벅, 저벅.

뒤에서 발소리가 들리는 듯했다.

고개를 돌리던 벽사흔의 상체가 그대로 쓰러졌다.

그렇게 품에 안겨 있던 두 여인과 함께 벽사흔이 바닥에 널브러졌다.

그렇게 아득해져 가는 벽사흔의 시선으로 천천히 다가오는 발이 보였다.

"제길……."

그 말을 끝으로 벽사흔의 시선은 아무것도 담을 수 없었다.

† † †

벌떡.

"어이쿠, 깜짝이야!"

놀라는 음성을 쫓으니 송찬의 모습이 보였다.

그리고 보니 자신이 깨어난 곳은 진마전에 있는 자신의 침상이다.

"몸은 괜찮은 거냐?"

송찬의 물음에 벽사흔이 자신의 배를 내려다보았다. 하얀 붕대…….

"평소 객잔의 요리를 담당했다더니 칼을 잘 쓰더라. 내장들을 아주 완벽하게 비켜 들어갔다."

"무슨 소리야?"

"요해의 마누라 말이다. 고기를 발라낼 때 내장이 상하면 못 팔지 않냐. 무의식중에서도 그게 발동된 모양이더라. 그 덕에 크게 다치진 않았다."

그제야 기억났다. 자신의 배에 비수를 박아 넣은 여인의 얼굴이… 그리고 자신이 이렇게 된 이유도.

"두 사람은?"

"무사해. 지금은 세가에서 보호 중이고."

송찬의 답에 벽사흔의 입가로 미소가 깃들었다.

"다행이군. 한데 어떻게 알고 온 거야?"

"와? 누가?"

"그때 쓰러진 내게 다가온 발, 네 거 아니었어?"

"뭔 소리야? 요해가 피투성이가 된 널 업고 울며불며 달려왔더라. 얼마나 놀랐던지……."

"그럼 요해의 발이었다고……?"

"자꾸 무슨 발 타령이야?"

"아니다. 한데 요해가 데려왔다고?"

벽사흔의 물음에 송찬이 답했다.

"그래. 녀석이 제법 응급처치를 잘했더라. 혈도를 막은 건 아니라서 피를 완전히 멈추게는 못했지만, 상처를 잘 눌러놔서 출혈이 심각할 정도는 아니었다. 그대로 업고 왔다면 시체를 인수할 뻔했어."

"상처… 크지 않았다면서?"

"심각하지 않았단 거지, 작다고는 안 했다. 식칼이 배를 가르고 들어갔는데 상처가 작을 리 없잖아."

"식칼… 비수 아니고?"

"비수는 무슨… 팔뚝만 한 식칼이더라. 날을 무디게 만들어 예기를 죽여 놓은 탓에 네가 못 느낀 모양인 듯싶다."

송찬의 말에 고개를 끄덕인 벽사흔이 물었다.

"다른 사람은?"

"아! 객잔 특실에 묶여 있던 소저도 구했다."

"소저?"

"그래. 요해의 말에 의하면 객잔에 유일하게 머물고 있던 손님이라더라."

"자객은?"

그제야 벽사흔이 물었던 다른 사람의 뜻을 알아차린 송찬이 겸연쩍은 표정으로 답했다.

"그게… 아직 못 찾았다."

"자객을 못 찾았다고?"

"그래. 창피하지만 아직 흔적도 못 찾았다."

답하는 송찬의 표정은 곤혹스러움으로 가득했다. 항상 자신이 중원 최고의 자객이라 말하던 그가 벽사흔을 노렸던 자객을 찾지 못하고 있었기 때문이다.

"그런데… 내가 어떻게 살아 있는 거지?"

묻는 벽사흔의 고개가 모로 기울었다.

자신은 정신을 잃은 채 쓰러졌고, 주변엔 무공은 배운 적이 없는 요해뿐이었다.

"죽었으면 좋았겠냐?"

"말을 해도… 자객이 왜 그냥 갔냐는 거다."

"네가 죽었다고 생각한 모양이지."

송찬의 답에 벽사흔이 말없이 그를 바라보았다.

"……"

"제길, 대충 넘어갈 것이지……. 그래, 그렇게 허술한 자객은 없어. 정신을 잃은 널 그냥 두고 간 이유는 나도 몰라. 그냥 겁주는 게 목적이었을 수도 있고."

"겁을 준다. 나에게 왜?"

"그야 언제라도 죽일 수 있다. 그러니 까불지 마라. 뭐, 그런 게 아닐까 싶다."

"그래서 얻는 게 뭐라고?"

"그거야… 알 수 없지. 뭐, 어떤 놈이 네가 마음에 안 들었을지도 모르잖아. 겁 한번 주고 고쳐지면 그만이고, 계속 마음에 안 들면 다음엔 죽여 버리겠다는 엄포일 수도 있고."

"내가 같은 걸 두 번 당할 정도로 멍청해 보이나?"

벽사흔의 말에 송찬은 어깨를 으쓱여 보였다.

"뭐, 그 정도는 아니지만 아주 똑똑해 보이지도 않지."

"뭐?"

"똑똑한 놈이 그런 곳에 혼자 가겠나?"

"하지만 놈의 요구가……."

"요구는 무슨… 자객의 요구 때문이 아니라 네 녀석이 자신이 있었던 거야. 아니냐?"

송찬의 핀잔에 벽사흔은 아무 말도 하지 못했다.

"머리가 돌아갔다면 그 서찰을 보자마자 날 불렀을 거다. 그쪽 일이라면 너보다 내가 나았을 테니까."

"……."

"여하간 이런 멍청한 짓은 다시 일어나지 않았으면 좋겠다."

"그래……."

힘없는 벽사흔의 답에 자리에서 일어난 송찬이 나가다 말고 돌아섰다.

"참! 요해가 이틀 동안 진마전 앞을 꼼짝도 안 하고 지켰다. 다 제 잘못이라고 걱정이 태산이더라."

"제 잘못은 무슨… 내가 방심한 거지."

"그래. 나도 네가 멍청했던 거라고 말해 줬는데 소용이 없었다."

송찬의 말에 벽사흔이 발끈한 얼굴로 그를 바라보았지만, 그뿐 다른 말은 없었다. 그런 벽사흔의 모습에 송찬이 피식 웃었다.

"들여보낼 테니 달래 봐라."

"그래."

벽사흔의 답을 뒤로한 송찬이 진마전을 나서자 여전히 그 앞을 서성이는 요해의 모습이 보였다.

"어, 어떠십니까?"

"들어가 봐라. 가주가 널 찾는다."

"깨, 깨어나셨습니까?"

"그래."

송찬의 답이 떨어지기 무섭게 요해가 진마전 안으로 들어갔다.

그러자 요해만큼 걱정스런 표정의 벽야평이 다가왔다.

"왜, 너도 걱정인 거냐?"

"송구합니다."

"송구는 무슨… 정신을 차렸으니 괜찮을 거다. 겉가죽에 구멍 난 거야 금세 아물 거고."

"소인의 잘못입니다."

벽야평의 말에 송찬이 미소를 지었다.

"네가 잘못한 게 뭐냐. 제 마음대로 나간 가주가 문제지. 여하튼 며칠 동안은 방 안에 가둬 둬라. 다행히 장기는 상하지 않았다지만 다친 근육들이 아물자면 며칠은 정양해야 할 거다."

"예, 대호법."

진마전의 수신위장인 벽야평의 답에 송찬이 발걸음을 옮겼다.

† † †

별도로 정청이 마련되어 있지 않은 벽가의 사정상 수뇌들이 한자리에 모일 수 있는 공간은 진마전과 식당뿐이었다.
 그 탓에 지금 벽가의 수뇌들은 모두 식당에 모여 있었다. 그곳으로 송찬이 들어서자 수뇌들의 시선이 모조리 몰려들었다.
 "어떠십니까?"
 팽렬의 물음에 송찬이 답했다.
 "깨어났다."
 벌떡-
 팽렬을 선두로 수뇌들이 모조리 자리에서 일어서자 송찬이 말했다.
 "앉아."
 "하지만……."
 "어차피 앞으로도 볼 시간은 많아. 그러니 앉아. 지금은 그냥 쉬게 내버려 두는 게 좋아."
 "그러다 미움이라도 받으면……?"
 불안해하는 팽렬의 말에 송찬이 고개를 저었다.
 "그 꼴을 당했는데 너희들이 우르르 몰려가면 고맙기보단 쪽팔릴 거다."
 자신의 말에 수뇌들이 마지못해 앉자 송찬의 시선이 취수전의 전주인 담상에게 향했다.
 "아직이냐?"

"흔적이 없습니다. 객잔에 침투한 흔적도, 빠져나간 흔적도 없습니다."

담상의 답에 송찬의 표정이 어두워졌다. 그것도 못 찾냐는 호통은 칠 수 없었다.

이미 자신도 한 번 둘러보았지만 담상의 말대로 자객의 흔적은 전혀 찾을 수 없었던 까닭이다.

"가주에겐 그저 위협이나 가하려고 한 게 아니겠냐고 둘러댔다만, 객잔 안에 설치된 기관들을 보면… 놈은 분명 가주를 노렸다."

"그건 확실합니다. 객잔 안을 뒤덮은 암기들엔 모두 치명적인 독이 발라져 있었으니까요. 가주님의 능력상 그것으로 어찌 되진 않았겠지만… 그렇게 준비하는 데 들어가는 공이나 시간으로 볼 때 자객의 의도는 분명해 보입니다."

"그래. 놈은 분명 가주의 죽음을 원했다. 한데 왜 그냥 두고 갔느냐는 거지."

"죽었다고 판단한 게 아닐까요?"

"미혼약에 죽는 무림인은 없다."

"하지만 복부의 자상에서 흘러나온 피의 양이 상당했습니다."

"출혈 과다라……. 너 같으면 그것만 보고 그냥 돌아갈래?"

"설마요."

자신도 모르게 튀어나온 답에 담상은 겸연쩍은 표정이 되었다.

"그런 거다. 초보 자객도 하지 않을 실수를 그만한 실력자가 할 리가 없어."

실력자.

자객교 출신의 난다 긴다 하는 자객들이 흔적도 찾지 못할 정도로 조심성이 많은 놈이다.

더구나 객잔에 설치된 기관들을 보면 이건 거의 기관 전문가가 따로 설치했다고 믿어도 좋을 만큼 복잡하고 정교한 것들이 많았다.

그런 자의 실력이 좋지 않을 리 없었다.

"요해 마누라의 상태는?"

송찬의 물음에 담상의 답이 이어졌다.

"화장 댁이 깨어난 이후 주의 깊게 살펴봤지만 특별한 이상은 없습니다."

"화장 댁?"

"그게, 요해의 부인을 가솔들이 화장 댁이라 부르더군요."

"왜 화장 댁인데?"

"그게, 화장 객잔의 안주인이기 때문이랍니다."

"아~ 그나저나 가주 배에 칼을 박은 이유는?"

"맥도 살펴보고 정기도 훑어보았습니다만, 섭혼에 당한 흔적은 없습니다."

"그럼 뭐야? 요해 마누… 아니 화장 댁이 자객이란 소리야?"

"설마요."

"그럼 자객도 아니고, 섭혼도 아닌데 가주 배에 칼을 쑤셔 박은 이유가 뭐야?"

"아무래도 암시 같습니다."

"암시?"

"예, 선배… 아니, 대호법. 이미 알고 계시겠지만 목표의 주변인에게 강한 암시를 걸어 살행에 이용하는 자객들에 대한 기록은 적지 않습니다."

"문제는 그게 기록에만 있다는 거지. 난 실제론 본 적이 없다. 넌 있냐?"

"그야… 저도……."

"그런데도 암시라고 확신해?"

"화장 댁의 맥을 봐도 그렇고, 몸에 흐르는 정기를 살펴도 그렇고, 이상한 부분이 없습니다. 섭혼이나 기타 대법에 걸리면 머리 쪽 혈도에 문제가 생기는데 그런 현상이 전혀 보이지 않습니다."

"암시… 확실한 거야?"

"예. 화장 댁의 상황상 다른 것은 이유가 될 수 없습니다."

담상의 단언에 잠시 생각을 정리하던 송찬이 물었다.

"암시면 다시 발동될 수도 있나?"

"자신의 의도와 상관없이 누군가를 살해할 정도의 강력한 암시는 거는 것도 힘들지만, 유지는 아예 불가능합니다. 일단 한 번 발현되었다면 다시 일어날 가능성은 없다고 봐야죠."

"그렇다면 다행이고. 일단 취수전은 범인 추적에 모든 걸 집중해. 어떤 놈인지 반드시 찾아내야 한다."

"하면 가상 실행은 어떻게… 중지합니까?"

"그래, 당분간 중지해."

"알겠습니다."

답하는 담상의 표정에 아쉬움이 작게 남는다. 가상 실행이 벽가 무사들의 기감을 높이는 데 일조하는 만큼, 취수전 자객들, 아니 취수전 무사들의 은신과 실행 능력 향상에도 큰 도움이 되었던 까닭이다.

"그리고 대장로의 상태는?"

이어진 송찬의 물음에 답한 이는 진도전의 전주, 벽라였다.

"기력이 많이 쇠하였습니다. 가주의 변고 소식에 충격이 크셨던 모양입니다."

강단은 여전히 어지간한 장정들보다 강했지만 역시나 나이는 속일 수 없는 모양이었다.

"일단 지금 곧바로 가서 가주가 깨어났다고 알리고, 데려가서 한번 보여 줘. 제 눈으로 보기 전엔 절대로 걱정이 수

그러들지 않을 거야."
"알겠습니다."
 답과 함께 벽라가 일어서 나가자 송찬의 입에서 답답한 음성이 흘러나왔다.
"그나저나… 정말 자객 놈은 왜 그냥 갔을까?"
 송찬의 음성에 남아 있는 수뇌들의 표정에도 의문이 들어서고 있었다.

† † †

 사흘, 벽사흔이 진마전에 강제로 갇혀 있던 시간이었다.
 나가려면 자신을 죽이고 나가라는 벽야평의 강력한 만류에 정양이란 이름으로 꼼짝없이 진마전에 갇혀 있어야 했던 것이다.
 사흘 만에 식당에 모습을 드러낸 가주의 모습을 보고도 가솔들의 표정에선 걱정이 가시지 않았다. 여전히 불안감을 떨쳐 내지 못한 탓이었다.
 그것이 마음에 안 들었던지 벽사흔이 입을 열었다.
"혹시 시원할까 싶어서 바람구멍 한번 내 봤다. 내 보니 그다지 시원하지 않아서 다음엔 절대로 그럴 일 없을 거다. 하니 괜한 걱정하지 말도록."
 가주의 말에 가솔들 사이에서 작게 웃음이 터져 나왔다.

말이 웃겨서라기보다는 자신들의 가주가 여전히 팔팔하다는 것을 확인한 안도감 때문이었다.

비로소 식당의 분위기가 풀어졌다.

이전처럼 활기차진 못했지만 그래도 사람들의 표정이 많이 풀어졌던 것이다.

그런 가솔들을 바라보던 벽사흔이 물었다.

"한데 요해네 식구는 안 보이네?"

"가솔들 볼 면목이 없다고 식당에 나오지 않아."

송찬의 답에 벽사흔이 못마땅한 표정으로 말했다.

"그걸 그냥 둔 거야?"

"여직까진 가솔들의 분위기도 그랬고, 서로 불편할 것 같아서 매 끼니때마다 음식을 객원으로 보내 주라고 했다."

"쯧, 걔들이 왜 가솔들 보기가 미안해. 우리가 미안해야지."

"그건 또 무슨 소리야?"

"생각해 봐. 자객이 노린 건 나야. 날 잡기 위해 요해네 가족을 위협한 거라고. 내가 아니었으면 당하지 않았을 일이란 거지."

"그건 그렇지만… 사람의 마음이라는 게 어디 그러냐고. 세가에선 요해가 널 찾아온 것 자체가 잘못됐다는 말이 많았다."

송찬의 말에 벽사흔이 무슨 소리냐는 듯이 물었다.

"나 때문에 생긴 일인데, 날 찾아오지 않으면 어디로 가라고?"

"위무각으로 갔어야지. 세가의 경비는 물론이고, 계림의 일도 그쪽에서 맡고 있으니까."

"다른 사람에게 알리면 죽이겠다고 협박한 거잖냐."

"그래도 절차란 것이 있는 법이다. 요해는 위무각으로 갔어야 해."

"갈평이가 그런 말을 했다면 그러려니 했겠지만, 네가 그렇게 생각할 줄은 몰랐다."

"왜?"

"넌 그래도 절차나 그런 것보다 실질적인 부분을 중요시하는 사람이니까. 아니었냐?"

벽사흔의 물음에 송찬이 자신의 볼을 긁적이며 답했다.

"그래. 전엔 나도 그랬지. 한데 이번 일을 겪으면서 생각이 좀 바뀌더라. 네가 없는 벽가… 존속할 수 있다고 생각하냐?"

"그야 당연하지! 벽가에 나만 있는 것도 아니고. 너도 있고, 갈평이랑 팽도 있고, 각 전의 전주들도 있잖아."

"글쎄, 그게 그렇게 간단한 문제가 아니더라."

"그건 또 무슨 뚱딴지같은 소리야?"

벽사흔의 물음에 이번엔 팽렬이 나섰다.

"정통성의 문제를 말하는 겁니다."

"정통성?"

"예. 벽가의 직계가 가주님뿐이 없으니까요. 직계도 없는 방계만의 세가는 존재할 수 없습니다. 더구나 송 대호법이나 저는 벽씨도 아니고요."

팽렬의 말에 벽사흔은 콧방귀를 뀌었다.

"지랄. 정통성은 무슨 얼어 죽을 정통성. 우리가 음식점이냐? 원조 따지게. 그리고 송찬, 너 벽가가 위험해지면 벽씨 아니라고 도망갈래?"

"이게 날 어떻게 보고!"

버럭 화를 내는 송찬에게 벽사흔이 어깨를 으쓱여 보였다.

"거봐라. 그런데 무슨 상관이야. 벽씨인지 아닌지는 중요한 게 아니란 소리다. 하물며 방계는 무슨… 벽가에 살면 그냥 다 벽가의 가족인 거다. 나고, 너고, 재고, 모두 다. 별 말 같지도 않은 소리로 말을 길게 시키고 지랄들이야."

반박할 말들이야 수십 수백 가지도 넘었지만 사람들은 모두 입을 다물었다.

그리고 그렇게 다문 입술은 여지없이 호선을 그리고 있었다.

그런 이들을 바라보며 벽사흔이 말했다.

"하니 가서 요해네 식구들 데려와. 우리 때문에 피해를 입은 사람들이야. 정확히는 나 때문이지만, 내가 벽가의 가족이니 우리 세가의 문제라고 해도 되는 거야. 마찬가지로 네게 생긴 문제도 네 문제가 아니라 벽가의 문제란 거다. 알았으면 미안해들 해라. 알았냐?"

조금 뻔뻔하다 싶은 말이었지만 왠지 모르게 사람들의 마음을 설레게 했다.

"뭐하는 게야. 가주님의 말씀이 안 들리더냐? 어서 가서 데려와!"

벽갈평의 말에 근처에 앉아 있던 한 무사가 황급히 일어나 나가자 벽사흔이 피식 웃었다.

"역시 갈평이가 말귀가 빨라."

"소인이 미처 못 가르쳐 그렇습니다. 송구합니다, 가주님."

"뭐, 차차 가르쳐 가면 되는 거지."

벽사흔의 말에 사람들의 입가엔 미소가 진해졌다.

잠시 후 불려 온 요해와 그 가족은 어쩔 줄 몰라 했다.

고개조차 들지 못하는 요해와 벽사흔을 보자마자 무조건 엎드려 비는 화장 댁은 물론이고, 그 자식들과 점소이마저 잔뜩 얼어 있는 것이 얼마나 마음을 졸였는지 단박에 보일 정도였다.

그들을 달래서 자리에 앉힌 벽사흔이 정중히 포권을 취했다.

"미안하오. 다 내 불찰이었소. 용서하시오."

갑작스런 벽사흔의 사과에 당황하는 요해와 그 가족들을 향해 벽갈평이 고개를 숙였다.

"벽가로 인해 욕을 보았으니 진심으로 사과드리리다."

"사과드리리다!"

식당 안이 벽가 가솔들이 하는 사과로 가득 찼다. 가주를 필두로 세가의 가솔 모두가 고개를 숙이고 있는 모습은 놀람을 넘어 경악 그 자체였다.

어릴 적 점소이로 시작해 지금은 번듯한 객잔을 차렸지만 어디에서도 이런 대접을 받아 본 적이 없었다. 더군다나 상대가 무림인이라면…….

솔직히 억울하지 않았다면 거짓말이리라.

무림인들의 일에 휘말려 애꿎은 자신들만 피해를 입는다는 생각도 했다.

하지만 정작 칼을 휘둘러 벽사흔에게 상처를 입힌 이가 아내이다 보니 그런 말은 입도 뻥긋할 수 없었다. 그것조차 강제로 이용당한 것이지만 그걸 이해해 줄 무림인은 아무도 없다는 걸 알기 때문이다.

그래서 요해는 바랐다.

자신과 아내의 목숨만 거둬 가고 자식들만이라도 살려 주길 말이다.

한데 사과라니. 생각지도 못한 상황에 요해의 눈에서 눈물이 흘렀다.

"가, 감사합니다, 감사합니다."

사방을 향해 고개를 숙이는 요해의 얼굴은 눈물로 범벅이 되어 있었다.

제41장
자객을 찾다

 요해의 가족은 벽가에 주저앉았다. 아직 자객도 잡지 못했는데 그냥 내보내기 위험했기 때문이다.

 그런 상황에서 벽갈평이 진마전을 찾았다.

 "뭘 해?"

 "그게… 요해가 벽… 씨가 되고 싶답니다."

 조심스러운 벽갈평의 답에 벽사흔이 고개를 갸웃거렸다.

 "우리가 성씨 장사한 적 있나?"

 "설마요?"

 "그런데 어떻게 요해가 벽씨가 돼?"

 "그게 그러니까… 벽가에 의탁하고 싶어 한다는 말씀입니다."

"우리 벽가의 일원이 되겠다고?"

"예."

벽갈평의 답에 벽사흔은 어깨를 으쓱여 보였다.

어려울 것 없는 청이다.

사람됨을 모르는 것도 아니고, 더구나 그들이 처한 상황을 보면 거부할 입장도 아니었다.

한데 자신이 생각해 낸 것이라면 모를까, 무관의 가족들을 받아들이는 것도 탐탁지 않아 하던 벽갈평이 나서서 청하는 것이 조금 의아했다.

"혹시… 뭐 다른 조건이 있나?"

"조, 조건이라니요. 어, 없습니다."

"당황한 표정으로 더듬어서야 신빙성이 없잖아."

"제, 제가요?"

"그럼 내가 그랬겠어?"

자신을 뚫어지게 바라보는 벽사흔의 눈빛에 결국 벽갈평이 실토를 했다.

"재산을 내놓겠답니다."

"재산이야 가족이 되면 으레……."

모든 무림세가는 세가 가솔의 개별 재산을 일체 인정하지 않는다.

물론 녹봉을 모은 금전이야 각자의 것이지만 그 외의 것은 모두 세가의 것이다. 공동 재산이란 뜻이다. 어떤 단체, 어떤 조직이든 배신의 주요 이유 중에 하나가 바로 재물이라는 까닭이었다.

더구나 세가의 가솔은 정당한 사유만 있다면 절차를 밟아 얼마든지 세가의 자금을 쓸 수 있었다. 개별 재산이 없다고 해도 크게 불편함이 없는 이유였다.

"…혹시 요해 재산이 좀 되냐?"

"그게… 화장 객잔의 일 년 수익이 금자로 오백 냥이 넘는답니다."

아무리 계림이 관광객이 많기로 소문난 곳이라고 해도, 또 화장 객잔이 꽤나 좋은 고급 객잔이라고 해도 대단한 소득임엔 분명했다.

"꽤 많은데."

"예, 많죠. 금자 오백 냥이면 오천에 가까운 우리 가솔들의 일 년 생활비의 사분지 일입니다."

물론 그것은 순수 생활비만을 계산했을 때의 이야기였지만 역시 큰돈임엔 분명했다.

마음에 들지 않는 이유였지만 벽갈평이 그러는 까닭을 알기에 화를 내진 못했다.

"갈평."

"예, 가주님."

"요해네 가족이 처한 상황도 있어서 이번엔 이렇게 넘어가지만, 다음엔 결코 좋은 소리 못 들을 거야. 적어도 난 벽씨

성을 파는 장사꾼은 되고 싶지 않아."
"그, 그야 당연히… 송구합니다."
"꼴 보기 싫으니까 나가 봐."
"예, 가주님. 그럼……."

혹 뒤늦은 화라도 낼까 싶어 황급히 진마전을 나가는 벽갈평을 벽사흔이 미안한 표정으로 바라보았다. 금전 쪽으론 무능한 자신이 벽갈평을 돈에 매이게 만들고 있다는 걸 알고 있기 때문이었다.

"대장로는 왜 저래?"

벽갈평과 스치듯 들어서는 송찬의 물음에 벽사흔이 고개를 저었다.

"아무것도 아니야."
"아무것도 아니긴… 너무 쥐 잡듯 잡지 마라. 세가에서 너를 가장 많이 챙기는 사람이다."

맞은편 자리에 앉는 송찬의 말에 벽사흔이 고개를 끄덕였다.

"알아."
"알면 잘해 주든가."
"그래야 하는데… 쉽지 않네."
"세상일에 쉬운 게 있냐."
"하긴 그렇지."

씁쓸한 미소를 짓는 벽사흔에게 송찬이 물었다.

"그나저나 어떻게 할 거야?"
"뭘?"
"사라진 자객 말이야."
"찾고 있다면서?"
"그랬는데 담상은 물론이고 나도 두 손을 들었다."
"못 찾는 거야?"
"그래. 완전히 오리무중이다. 흔적이 아예 없어. 솔직히 나도 이런 놈은 처음이다."

착잡한 표정인 송찬의 말에 벽사흔이 어깨를 으쓱여 보였다.

"네가 못 찾으면 손 떼야지 별수 없잖아."
"다시 올 수도 있다."
"그건 내가 바라는 바고."

벽사흔의 말에 피식 웃어 보인 송찬이 말했다.

"그러면 추적은 중단하마."
"그래. 그리고 취수전에는 고생했다고 말해 줘라."
"알았다. 한데 나한텐 할 말 없냐?"
"내 배에 구멍 나는 동안 따듯한 방에서 배 깔고 있던 놈에게 무슨 소리를 하라고?"
"빌어먹을 놈. 알았다."

툴툴거린 송찬이 일어서다 말고 물었다.

"참! 객원 손님은 어쩔 생각이야?"

"객원 손님? 세가에 손님이 와 있냐?"
"남의 집이냐? 어째 묻는 게 그래?"
"그야… 몰랐으니까."
"어라, 몰라? 왜 모르지?"
"알려 줘야 알지."
"전에 내가 말해 주지 않았나?"
"그런 적 없다."
"말 한 거 같은데……. 내가 일전에 요해네 객잔에서 소저를 한 명 구했다고 말 안 했냐?"
"그건 했지."
"그럼 말한 거네."
"그럼 손님이……?"
"맞아. 그 소저가 객원에 묶고 있다."
"그런 말은 없었잖아. 그냥 구했다고만 했지."
"그랬나……."

뒷머리를 긁적이는 송찬에게 벽사흔이 물었다.

"그래. 한데 그 여자가 왜 객원에 있는 건데?"
"무섭다잖냐. 계림에 있는 동안만 있게 해 달라는데 거절하기도 그렇고."

어불성설이다.

누가 무섭다 했다고 세가에 들일 송찬이 아니다. 그래서 물었다.

"그 소저, 예쁘냐?"

"그야 몸살 나게… 어, 얼굴 보고 그런 건 아니다."

"몸매도 죽여주나 보지?"

"어! 봤냐?"

"미친놈. 그렇다고 외인을 함부로 세가에 들이면 어떻게 해?"

"뭐, 힘없는 여자잖냐. 여자한테 못되게 굴면 벌 받는다는 게 내 신조이기도 하고……."

"언제부터?"

"이번부터."

말도 안 되는 송찬의 답에 벽사흔은 피식 웃을 수밖에 없었다.

"갈평이가 아무 말도 안 하대?"

"대장로야. 네가 칼 맞았다는 말 듣자마자 기절했었으니까……."

"쯧, 가자."

자리에서 일어서는 벽사흔에게 송찬이 물었다.

"어딜?"

"어디긴 객원이지. 벽가가 무슨 객잔도 아니고."

"내보내려고?"

"그럼 가뜩이나 돈 없다는데 쓸데없이 군식구를 데리고 있어야겠냐?"

"그래도 예쁜데……."
"시끄러!"

벽사흔의 핀잔에 송찬은 입을 다물 수밖에 없었다.

물론 불만으로 입이 튀어나오는 것은 어쩔 수 없었지만 말이다.

† † †

벽가의 객원은 그다지 규모가 크거나 고급스럽진 않았다. 다소 배타적인 장족이 벽가의 주를 이루는 탓에 손님이 머물 객원에 크게 신경을 쓰지 않은 까닭이었다.

그런 객원 주변으로 사람들이 붐볐다.

십여 명이 들어서면 꽉 찰 객원 마당을 쓴답시고 이십여 명이 바글거렸고, 매일 아낙들이 청소해서 깨끗한 객원을 청소한답시고 걸레를 들고 설치는 이들의 수도 수십 명이었다.

그뿐만이 아니다. 지붕을 수리한다며 멀쩡한 기와를 들었다 놓는 이들이 또 수십이었고, 가지치기를 한다며 두 그루뿐인 계화 나무 위에 십여 명이 넘는 사람들이 가득 매달려 있었다.

그리고 자신들의 차례를 기다리며 백여 명이 넘는 사람들이 객원 앞에 줄지어 서 있었다.

특이한 건 그렇게 객원에 몰린 사람들이 모두 남자라는 것이었다.

전날 야간 경비를 서야 했던 까닭에 다른 이들보다 한발 늦은 벽유창이 그 줄의 맨 마지막에 서 있었다. 그런 그에게 누군가 말을 걸어왔다.

"야, 비켜 봐."

"웃기지 마. 줄 서 있는 거 안 보여? 너도 줄 서."

픽—

뒤도 돌아보지 않고 객원 안쪽만 기웃거리며 답하던 벽유창의 눈앞에서 별이 번쩍거렸다.

"이, 이게!"

냅다 성명 무기인 도끼를 움켜쥐며 돌아서던 벽유창의 얼굴이 하얗게 질려 버렸다.

"뭐, 나랑 한판 뜨자고?"

"가, 가주님."

황급히 도끼를 뒤로 숨기는 벽유창의 놀란 음성에 줄 서 있던 무사들이 모조리 뒤를 돌아보았다.

"줄 서 있는 걸 보니 여기서 맛있는 거라도 나눠 주나 보지?"

"그, 그게……."

"설마 계집 하나 보자고 이렇게 몰려들어 줄까지 서 있을 정도로 세가의 일정이 막 느슨하고 그러냐?"

스사사사삭-

객원의 문과 벽유창 사이에 존재하던 백여 명이 넘던 무사들이 흔적도 없이 사라졌다.

"아, 아닙니다."

"그럼 여기 왜 서 있는 건데?"

"그, 그냥 시, 심심해서……."

"너 근무 없냐?"

"어제 야간 경비라 오전엔 휴식입니다."

확실한 변명거리라 생각했던지 벽유창의 음성은 꽤나 힘차 보였다.

"아직 팔팔하네. 경비 더 서도 되겠는데, 연장 근무 시켜주랴?"

"아, 아닙니다. 마, 막 졸리고 있었습니다!"

"그럼 뭐해, 안 가고?"

"가, 가도 됩니까?"

"가. 졸리면 가서 자야지."

"감사합니다."

이마가 땅에 닿을 정도로 인사한 벽유창이 황급히 사라지자 킥킥거리는 송찬을 뒤에 단 벽사흔이 객원으로 들어섰다.

어디로 튀었는지 객원을 꽉 채우고 있던 사람들의 모습도 보이지 않았다.

하지만 그렇게 황급히 사라진 탓에 객원은 엉망이 되어 있었다.

문이란 문은 모조리 열려 있고, 사방에 걸레가 널려 있는가 하면 지붕에서 떨어져 깨진 기와 조각도 여기저기 널브러져 있었던 것이다.

특히 가지가 모조리 잘려 나간 채 기둥만 서 있는 계화 나무는 을씨년스러울 정도였다.

"뭐야, 이건?"

"나중에 기둥으로 쓰려고 가져다 세워 놓은 모양이지. 크크크."

말하다 말고 킥킥대는 송찬을 벽사흔이 못마땅한 눈으로 바라보았다.

"왜, 너도 저기다 심어 주랴?"

"크크… 크… 가, 가지 붙여 놓으라고 하마."

송찬의 말도 안 되는 답에 벽사흔이 째려보자 황급히 말을 바꿨다.

"그, 그게 아니라… 다시 심으라고 할게."

"쯧."

여전히 못마땅한 표정으로 혀를 차는 벽사흔의 눈길을 피하려는 듯 앞으로 나선 송찬이 유일하게 닫혀 있는 방문 앞에 서서 외쳤다.

"예 소저 안에 있소?"

송찬의 외침이 끝나기 무섭게 문이 열리며 향기가 밀어닥쳤다.

"흐응……."

코를 벌렁거리는 송찬의 입에서 묘한 음성이 흘러나왔다. 그것이 또 못마땅하였는지 벽사흔의 입에서 핀잔이 나왔다.

"미친놈."

"오셨어요, 송 대협?"

흔히 은쟁반에 옥구슬 굴러가는 소리란 말이 있다. 지금 들려온 소리가 그런 게 아닐까 싶었다. 그리고 드러나는 여인의 모습.

경국지색! 미색으로 나라가 기운다는데, 아마 지금 모습을 드러낸 여인을 두고 하는 말일 듯싶었다.

그 미모에 취했는지 눈이 풀린 송찬은 얼른 답을 하지 못했다.

그런 송찬을 바라보며 입을 가리고 웃던 여인의 시선이 벽사흔에게 닿았다.

"누구… 신지?"

"벽사흔."

목소리도, 얼굴도 예쁜 건 인정한다. 그리고 몸매도 인정한다.

하지만 그뿐이다. 남이 예쁘다고 자신이 예뻐지는 건 아니니까.

하긴 남자가 예뻐지는 것도 웃기긴 하지만…….

여하간 남의 이야기란 소리다. 그리고 벽사흔은 체질적으로 남의 일엔 관심이 없는 편이었다.

"예린이라 합니다."

다시 들어도 예쁜 음성이다. 한데 벽사흔은 그런 그녀의 음성보다 방턱을 내려서며 잠시 보였던 그녀의 신발에 관심을 더 많이 보였다.

"제 옷에 뭐가 묻었나요?"

신발은 이미 치마 속으로 사라진 후였기 때문이다. 그런 예린의 물음에 벽사흔은 무심한 음성을 던졌다.

"이유?"

"예?"

"이곳에 있는 이유?"

"아! 아직은 제가 겁이 많이 나서요."

예린의 답에 벽사흔은 피식 웃었다.

"뭐 그렇다 치고, 신발이 조금 특이하군."

벽사흔의 말에 잠시 굳었던 여인의 표정은 언제 그랬냐 싶게 화사하게 피어나고 있었다.

"제가 편한 걸 좋아해서요."

"하긴 그런 일을 하자면 편한 게 좋겠지."

"무슨 말씀이신지……?"

왠지 작게 떨리는 듯한 예린의 물음에 벽사흔은 아무렇지도 않게 답했다.

"뭐, 편하겠단 소리야. 한데 언제까지 있을 생각이야?"

"허락하신다면……."

"우리, 그렇게 부자 아니야."

"도, 돈은 내겠어요."

"뭐, 그렇다면야……. 갈평이하고 이야기해 봐."

"갈평이… 누구신지?"

"이따 이리로 보내 줄 테니 만나 보면 알아."

"예."

고개를 조아리는 예린을 지그시 바라보던 벽사흔이 돌아섰다.

"가, 가시려고요?"

"그럼 내가 여기 있을 것 같아?"

왠지 모르게 가시 돋친 듯한 벽사흔의 음성에 예린은 울 것 같은 표정이었다.

남자라면 누구라도 애가 탈 얼굴이었지만 벽사흔은 별다른 감흥이 없는지 여전히 정신 못 차리고 있는 송찬에게 시선을 돌렸다.

"안 가!"

"으, 응?"

"안 가냐고?"

"가, 가야지."

"빨리 가자. 괜히 칼 맞지 말고."

"뭐?"

"빨리 가자고."

벽사흔의 성화에 마지못해 송찬이 발길을 돌렸다.

"내 나중에 다시 오리다, 예 소저."

"예, 송 대협."

화사한 얼굴로 인사를 건네는 예린의 모습에 다시 '헤' 벌어지는 송찬의 입을 본 벽사흔이 그의 손을 잡고 강제로 끌고 가 버렸다.

그렇게 두 사람이 사라지자 예린의 얼굴이 차갑게 식었다.

"알고… 있어. 분명히!"

알 수 없는 말을 중얼거린 예린의 시선은 벽사흔이 나간 월동문을 향하고 있었다.

† † †

객원에서 진마전으로 향하는 길에 송찬이 은근한 목소리로 물었다.

"너도 놀랐지?"

"그래."

"거봐라, 죽이지. 그 얼굴이며 음성… 몸매까지. 크으~"

어깨를 좁히고 몸을 이상하게 부르르 떠는 송찬의 모습에 벽사흔이 핀잔을 줬다.

"미친놈."

"자식, 부끄러워하긴……. 미녀를 보고 흥분하지 않으면 사내가 아니다. 그러니 부끄러워할 게 없다는 거지."

"눈은 뭐하러 달고 다니는지."

"뭐?"

"됐다. 모르는 놈에게 떠들어 봐야 내 입만 아플 테니."

좀처럼 알아듣지 못할 말을 남기고 혼자 멀어져 가는 벽사흔의 뒷모습을 바라보던 송찬이 피식 웃었다.

"자식, 예쁘면 예쁘다고 하면 되지 의뭉을 떨긴……. 같이 가자!"

저만치 앞서 가는 벽사흔에게 고함을 지른 송찬이 바쁘게 걸음을 옮겼다.

그 일 이후로 세가엔 식객 비슷한 손님이 생겼다. 물론 그렇다고 밥을 공짜로 먹는 손님은 아니다.

잔뜩 찌푸린 표정으로 객원에 들었던 벽갈평이 웃는 낯으로 객원을 나섰을 정도로 꽤나 많은 돈을 내놓았으니 말이다.

손님이 오래 머물게 되었다는 발표에 세가의 남자들은 환

호성을 질렀다. 옆에 아내가 앉아 있는 것을 잊고 만세를 외쳤던 몇몇 유부남들은 꽤나 혹독한 대가를 치러야 했지만……

여하간 벽가 남성들에겐 엄청난 환영을 받았다.

물론 여자들은 그다지 반기는 입장은 아니었다. 특히 결혼한 아낙들은 묘한 반발심까지 보였다. 그래도 가주가 승낙하고 대장로마저 수긍한 일이기에, 반대를 말하는 여인은 아무도 없었다.

그렇다고 불만이 없는 건 아니다. 지금처럼 세가 식구 모두가 모여서 식사를 할 때는 더욱더.

남자라면 서너 살 먹은 어린 녀석부터 죽을 날이 얼마 안남은 노인까지 힐끗거렸다.

특히 같은 탁자에 앉은 송찬과 팽렬은 대놓고 예린의 얼굴에서 시선을 떼지 못하고 있었다.

"밥 안 먹고 뭐해?"

"머, 먹고 있잖냐."

"넌 코로 밥 먹냐? 숟가락을 왜 코로 가져가?"

벽사흔의 핀잔에도 불구하고 송찬은 코에 가져다 댄 숟가락을 옮길 생각이 없는지 풀린 시선으로 예린만 뚫어지게 바라보고 있을 뿐이었다.

"쯧, 넌 왜 여기서 밥을 먹는 거야?"

혀를 찬 벽사흔의 심통이 예린에게 향하자 송찬과 팽렬은 물론이고 식당 안에 있던 사내들의 표정이 일제히 일그러졌다.

"어쭈, 잘하면 한 대 치겠다."

순간 노랗게 물드는 벽사흔의 눈을 발견한 팽렬이 황급히 정신을 추스르며 고개를 저었다.

"제, 제가 잠시 미쳤던 모양입니다."

"그래, 나도 그렇게 생각해. 너희들은 어떻게 생각하냐?"

주변을 둘러보는 벽사흔의 시선에, 무사들은 황급히 고개를 파묻느라 분주했다.

가주가 저런 눈빛일 때 걸리면 결코 좋은 꼴을 보지 못한다는 것을 경험으로 알기 때문이었다.

순식간에 사내들의 시선을 잠재운 가주의 모습에 세가 여인들의 입가로 미소가 깃들었다. 세가 연인들에게 가주의 인기가 치솟는 순간이었다.

천천히 고개를 돌린 벽사흔의 시선이 마지막으로 자신에게 향하자 예린이 울 듯한 표정으로 답했다.

"그래도 여기가 제일 편한 탁자라서……."

하긴 이런 상황에서 다른 탁자는 거의 밥 먹기가 불가능할 것이다.

그렇다고 이전처럼 객원에서 먹으라는 소리는 못한다. 특별 대우하지 말라고 그녀를 식당으로 끌어낸 게 바로 벽사흔 자신이었으니까.

"빌어먹을."

툴툴대며 벽사흔이 식사에 열중하자 사내들은 다시금 흘끗거리기 시작했다.

심기 불편한 벽사흔을 코앞에 둔 팽렬도 다른 사내들과 마찬가지다.

다만 송찬만이 여전히 대놓고 예린을 흠모 어린 시선으로 바라볼 수 있을 뿐이었다.

식사가 끝난 후, 차도 마다하고 벽사흔이 진마전으로 자리를 옮기자 벽갈평이 쫓아왔다.

"어찌… 내보낼까요?"

조심스럽게 묻는 벽갈평의 얼굴엔 불안감이 가득해 보였다.

"내보내라면 내보낼래?"

"그, 그러라 하시면……."

"너도 혹한 거냐?"

"그게… 워낙 내놓은 돈이……."

벽갈평의 말에 벽사흔이 피식 웃었다.

자신의 예상과 달리 벽갈평은 그녀의 미모엔 관심이 없었던 까닭이다. 다만 그녀가 내놓는 돈엔 관심이 많은 듯했지만 말이다.

"많이 내놓냐?"

"하루에 금자 열 냥입니다."

벽사흔도 놀랄 액수다.

그 정도면 특급 객잔의 별채를 통째로 빌릴 수 있을 만한 금액이었기 때문이다.

"내보내기 싫겠다?"

"예. 할 수만 있다면 계속해서 붙잡아 놓고 싶을 정도입니다."

이대로라면 한 달에 금자 삼백 냥이다. 요해가 운영하던 화장 객잔의 일 년 수익의 절반이 넘는 돈을 한 달에 번다는 뜻이었다.

"뭐, 그러든가?"

"진… 심이십니까?"

의아한 표정으로 묻는 벽갈평에게 벽사흔이 고개를 끄덕였다.

"그래. 나도 좀 알아볼 게 있으니까. 곁에 둬 보자고."

"현명한 판단이십니다, 가주님."

화색이 도는 벽갈평의 말에 피식 웃어 보인 벽사흔이 말했다.

"나가서 그녀에게 내가 좀 보잖다고 전해."

벽사흔의 말에 벽갈평의 눈에 이채가 스쳐 지나갔다.

"관심… 있으십니까?"

"그러니 붙잡아 놨겠지."

벽사흔의 답에 왠지 모르게 의욕이 불타오른 벽갈평이 힘주어 말했다.
"알겠습니다. 나머진 제게 맡겨 주십시오, 가주님."
"설마… 너도 알고 있는 거야?"
"제가 누굽니까? 저 갈평입니다, 벽갈평. 그럼 모르리라고 생각하셨습니까?"
"그, 그거야……. 그럼 돈 때문만은 아니었던 거네."
"그, 그야… 당연하지요."
 왠지 조금 주춤거렸지만 벽사흔은 그런 벽갈평의 반응을 미처 제대로 보지 못했다. 벽갈평도 이미 알고 있다는 데 놀란 까닭이었다.
"역시 대장로로군. 알았어. 믿지."
"예. 믿고 맡겨 주십시오."
 의욕 충만한 벽갈평이 나가자 벽사흔은 희미한 미소를 지어 보였다.
"자금 관리만으로도 벅찰 텐데, 제법인걸."
 흐뭇한 벽사흔의 말이 진마전을 감돌았다.

 진마전을 나선 벽갈평은 곧바로 수뇌 회의를 소집했다. 그리고 그 회의에 참석한 사내들은 굉장히 충격적이고, 믿고 싶지 않은 이야기를 들어야 했다.
"하니 눈길도 주지 마라. 행여 눈알 돌리다 걸리는 놈은 내가 갈아 마셔 버릴 테니까."

 벽갈평의 사나운 말에 수뇌들은 맥이 풀린 표정이었다.

 "어째 답이 없어?"

 "아, 알았습니다."

 수뇌들의 답을 들으며 벽갈평이 팽렬을 쏘아보았다.

 "팽 전주께서도 답을 주셔야지요."

 "아, 알았습니다, 대장로."

 마지못한 팽렬의 답에 이번엔 송찬에게 시선이 향했다.

 "송 대호법님."

 벽갈평의 부름에 머뭇거리던 송찬이 물었다.

 "정말이야? 가주가 예 소저를 좋아한다는 게?"

 "확. 실. 합니다."

 벽갈평의 답에 송찬의 입에서 욕설이 흘러나왔다.

 "빌어먹을! 알았어. 친구 거에 침 바를 정도로 나 막 나가는 놈은 아니야."

 "감사합니다, 송 대호법."

 가볍게 고개를 숙여 보인 벽갈평이 수뇌들을 바라보며 말을 이었다.

 "자, 이제부터 예 소저를 가모님에 준하게 대우합니다. 이견 없으리라 믿습니다."

 "예……."

 힘없는 음성이었지만 수뇌들은 답을 할 수밖에 없었다.

그렇게 벽사흔도 모르는 가모가 수뇌 회의에서 결정되고 있었다.

 가주가 부른다는 말에 진마전으로 든 예린은 벽사흔의 시선에 미소를 보였다.
"찾으셨다고요?"
"그래. 일단 앉아."
"감사해요."
 자리에 앉은 예린에게 벽사흔이 물었다.
"이유?"
"예?"
"쯧, 말 많이 시키지 말자. 너도 내가 아는 거 알잖아."
 벽사흔의 말에 예린이 잠시 흔들리는 시선으로 그를 바라보다 다시금 미소를 지었다.

"차도 안 주세요?"

"이 상황에 차는 무슨……."

말은 그렇게 했지만 벽사흔은 그녀 앞에 찻잔을 놓고 찻물을 따랐다.

"고마워요."

순간 가슴이 설렐 정도로 화사하게 웃어 보인 예린이 찻잔을 들어 한 모금 마신 후 물었다.

"어떻게 아신 거예요?"

"신발. 내가 정신 잃기 전에 본 신발을 네가 신고 있더라."

"신발에 대한 이야기가… 그 뜻이었군요."

"그래."

"제 실수네요. 목표를 살려 둔 적이 없어서 이후의 행동에 조심성이 좀 없었던 모양이에요."

이젠 대놓고 인정하는 예린의 말에 벽사흔의 입가로 희미한 웃음이 스쳐 지나갔다.

"배후… 답 안 하겠지?"

"배후 따윈 없어요. 워낙 혼자 움직이길 좋아해서요."

"배후도 없는데 날 노렸다? 왜지? 내가 뭐 잘못한 거라도 있나?"

"없는데요."

"그런데 왜 날 노린 거지?"

"돈이 원수죠, 뭐."

"돈? 그럼 의뢰?"

"뭐, 자객이 대부분 그렇죠."

"흠……."

침음을 흘리는 벽사흔에게 예린이 물었다.

"누가 의뢰했는지 안 물어보세요?"

"물으면 답은 해 줄 건가?"

"못 할 건 없죠."

예상치 못한 답에 벽사흔의 눈에 이채가 스몄다.

"진심으로 하는 이야긴가?"

"그럼요. 이래봬도 벽 대협께 말을 안 한 적은 있지만 거짓말한 적은 없어요."

"거짓말한 적은 없다?"

"그럼요. 봐요. 지금도 묻는 대로 다 답하잖아요."

여전히 생글거리며 말하는 예린을 벽사흔은 지그시 바라보았다.

"그러는 이유가 뭔데?"

"아직도 몰라요?"

"뭘 몰라?"

"제가 벽 대협 좋아하는 거요."

"쿨럭, 뭐?"

차를 마시다 사레가 걸려 쿨럭대던 벽사흔의 물음에 예린은 이전보다 더 화사하게 웃었다.

"제가 벽 대협을 좋아한다고요."
"그게 무슨 말도 안 되는……."
"말이 왜 안 된다고 생각해요?"
"너, 나 알아?"
"네."
"안다고 날?"
"예. 이름 벽사흔, 팽가를 배후에 둔 진마벽가의 가주, 무공 수위 불명, 주변에 초극의 고수 둘을 두고 있음. 여기까지가 대외적으로 소문난 벽 대협이고요. 좀 더 깊이 들어가면 무공 수위는 최소 초극의 극의. 여산파를 몰락시킨 것으로 의심되고, 기녀를 사랑했을 정도로 다정한 사람이며, 객잔 주인과 호형호제할 정도로 너그럽기도 한 사람. 이건 제가 알아낸 사실이죠. 더 할까요?"

예린의 말에 벽사흔은 반쯤 일으켜 세웠던 몸을 다시 등받이에 묻었다.

"어디서 죄다 쓸데없는 것만 알아서는… 됐어."
"뭐, 벽 대협에겐 쓸데없는 걸지도 모르지만 제겐 충분한 정보랍니다."
"그래서 그것만으로 날 좋아한다?"
"네."

눈을 반짝이는 예린의 답에 벽사흔이 심드렁하니 물었다.

"내가 자객을 어찌 대하는지는 잘 모르나 보지?"

"대강은 알죠. 완전 갈아 놓는다는 거. 하지만 자신을 노리지 않은 자객은 치료해서 보낼 줄도 아는 너그러움도 있죠."

"너……?"

"상처는 다 나았답니다. 좀 거칠긴 하셨지만 팽 전주님의 금창약이 효과는 좋더군요."

"말을……."

"예. 말을 할 줄 안답니다."

"한데 그땐 왜 수화를 쓴 거지?"

"복면 쓰고 이렇게 예쁜 목소리를 내는 건 조금 웃기잖아요."

배시시 웃는 예린의 모습에 벽사흔은 실소를 머금을 수밖에 없었다.

"참 나, 그럼 날 살려 준 이유가……?"

"좋아하는 사람을 죽일 순 없잖아요."

'구해 준 사람을 죽일 순 없잖아요.' 쯤을 예상했던 벽사흔은 어이없는 표정이었다.

"그럼 전부터 날 좋아했다?"

"그럼요. 날 한 방에 잡아내는 실력에, 수하를 완벽하게 휘어잡는 장악력, 거기다 거침없이 여자 옷을 찢어 내는 박력까지……."

몽롱해지는 예린의 눈을 바라보던 벽사흔은 당황한 음성을 토했다.

"그… 네가 여자라서 그랬던 건 아니고……."
"호호호호. 부끄러워하시긴, 전 다 이해한답니다."

 선녀 같은 얼굴로 저런 말이라니. 벽사흔은 놀람보단 당황감이 더 깊었다.

 그날 벽사흔은 예린의 적극적인 애정 공세에 당황해서는 의뢰인이 누군지 묻지도 못했다.

† † †

 이제 열흘 후면 새해다.

 못다 이룬 일은 털어 버리고 새로운 계획을 새로운 마음, 새로운 정신으로 시작하는 시기인 것이다.

 그런 연유로 새해를 맞는 사람들은 새로운 희망에 들뜬다. 새해에 새롭게 이루어질 일들에 대한 작은 흥분 때문이다.

 하지만 대륙 상회 광서 지단은 그런 분위기를 전혀 느낄 수 없었다.

"자금 마련에… 계속 실패하고 있습니다."

 어두운 신색인 광서 지단주의 보고에 유총이 물었다.

"다른 지단들은 어떻소?"

"마찬가지입니다. 우리 측 지단들이 내놓은 부동산을 사겠다는 곳이 전혀 없습니다."

"대출도 안 이루어지는 거요?"

"지역 상인들을 통해 일부 부동산을 담보로 돈을 빌리긴 했습니다만… 겨우 지단들의 운영 경비만 마련한 정도입니다."

"여전히 황금 전장이나 하남 상단에선 거부하는 거요?"

"하남 상단은 아예 대화조차 하려 들지 않습니다. 그나마 황금 전장은 만나는 주지만… 여전히 본 회와 화해를 해 보라고……."

"황금 전장만큼 관의 눈치를 살펴야 하는 곳도 드물 터, 아마 수 노의 뒤를 봐주고 있는 신국공의 눈치를 보는 중일 게다."

수석 행수인 연직의 말에 광서 지단주가 고개를 끄덕였다.

"맞습니다. 솔직히 그들은 돕고 싶어도 도울 수 없을 겁니다."

광서 지단주의 말에 작게 한숨을 내쉰 유총이 물었다.

"새해 준비는 어떻소?"

"아직 지역 상인들에게 융통해 놓은 자금이 있긴 합니다만, 새해 소요 자금의 절반도 되지 않습니다."

그 말은 반년 치 운영 경비가 모자란단 뜻이었다.

"추가로 자금을 마련할 곳은 없겠소?"

"부동산들 중에서 점포들의 임대료가 이번 달 말일에 들어옵니다."

광서 지단주의 답에 유총이 반색을 했다.

"얼마나 되겠소?"

"그게… 그리 큰돈은 아닙니다. 광서 지단도 그렇지만 우리 측 지단들은 대부분 점포보다는 토지에 투자를 한 까닭에……."

"그래도 돈은 들어올 것 아니요?"

"그렇… 긴 합니다만."

"액수로는 얼마나 되겠소?"

"광서 지단만 따지면 금자 이천 냥 정도입니다. 다른 지단들의 사정도 비슷할 것입니다."

금자 이천 냥이면 일반인들은 평생 가도 보기 힘든 금액이겠지만 거대 상가를 움직여야 하는 유총에겐 조족지혈에 불과할 뿐이었다.

"여섯 곳의 지단을 다 합해도 일만 이천 냥이란 소리구려."

"예. 그것으론 두 달 정도의 경비밖에 안 될 겁니다."

조금 남긴 한다. 여섯 개의 지단이 한 달에 소비하는 경비가 대략 오천 냥 정도이기 때문이다.

결국 그 돈으로는 여전히 운영 경비조차 해결이 되지 않는다는 것이기에 유총의 입이 다물렸다.

상황이 그렇게 되자 두 사람의 이야기를 듣고만 있던 수석 행수 연직이 입을 열었다.

"경비도 문제지만 안전 문제도 신경을 써야 할 게야. 아직은 진마벽가 때문에 본 회가 직접적으로 손을 쓰지 않고 있지만, 새해가 되면 상황이 달라질 게다."

연직의 말대로다.

보호비를 마련하지 못한 이상, 새해가 되면 진마벽가에 지워진 광서 지단의 보호 의무는 사라진다.

그리고 그런 기회를 그냥 지나칠 수 노가 절대로 아니었던 것이다.

"차라리 보호비를 납부하시는 것이……."

광서 지단주의 말은 끝을 맺지 못했다. 광서의 보호비는 금자 사만 냥이다.

하지만 지금 확보된 자금은 육 개월 치 운영 경비인 삼만 냥뿐이었다.

물론 점포 임대료가 일만 이천 냥 정도 더 들어올 터이니 합하면 간신히 보호비는 마련이 되는 셈이다.

하지만 그 뒤는 답이 없다.

보호는 받을 수 있겠지만 지단들을 운영할 경비가 없는 것이다.

더구나 그렇게 무리를 해서 보호비를 내더라도 진마벽가에 의해 보호받을 수 있는 지역은 광서뿐이었다.

"반년 치를 먼저 내는 것으로 협의를 보는 것은 어떻겠느냐?"

연직의 말에 유총과 광서 지단주의 시선이 마주쳤다.

"이만 냥이면 지금 바로도 불출이 가능합니다. 물론 경비들이 줄어들겠지만 점포 임대료까지 합해 이만 이천 냥이 남는 거니까, 넉 달 쥐어짜면 다섯 달도 버틸 수 있을 것입니다."

광서 지단주의 말에 유총의 시선이 여루에게 향했다.

"여루, 네 생각은 어때?"

"광서뿐이라지만 소회주께서 광서에 계십니다. 본 회의 일을 보더라도 안전 확보는 무엇보다 중요합니다. 그리고 가능하다면 광서 지단을 계림으로 옮기는 것도 생각해 보십시오."

여루의 말에 유총과 연직, 그리고 광서 지단주의 시선이 마주쳤다.

"계림으로 옮기자?"

"예. 보호비를 안 준다면 모르겠지만, 줄 거라면 계림으로 옮기는 것이 안전에도 도움이 될 것입니다."

틀린 소리는 아니다.

진마벽가가 위치한 계림으로 가면 유사시 진마벽가로부터 실질적인 도움을 받을 수 있을 테니까.

"하지만 계림 지부는 이미 진마벽가로 넘어간 게 아닙니까?"

광서 지단주의 지적에 여루가 유총을 바라보며 답했다.

"하지만 아직 우리가 자리를 잡은 곳은 있지요."

"우리가 자리를 잡을 곳… 아! 예전 벽가의 장원!"

"맞습니다. 다 들어내고 파헤쳐 놓았다지만 땅은 남아 있으니까요."

여루가 어디를 말하는지 알아들은 광서 지단주가 걱정 어린 표정으로 말했다.

"하지만 우리에게 건물을 지을 돈이 없다는 게 문제겠지요."

"건물은 안 지어도 될지도 모릅니다."

"어떻게 말입니까?"

"그 땅을 진마벽가에 넘기고, 대신 계림 지부를 되찾는 겁니다."

여루의 답에 광서 지단주가 고개를 끄덕였다.

"가능성이 있군요. 그리고 잘하면 나머지 반년 치도 해결할 수 있을지도 모르고 말입니다."

광서 지단주의 말에 여루가 답했다.

"그것도 가능하지요. 반년 치의 현금과 장원을 넘기는 것으로 갈음할 수 있을 테니까요."

두 사람의 말을 듣고 있던 유총이 나섰다.

"그럼 진마벽가에 반년 치의 보호비와 장원을 주고, 우린 반년 치의 보호비를 면제받고, 계림 지부도 돌려받는다?"

"그렇습니다."

여루의 답에 연직이 고개를 갸웃거렸다.

"가능성이 있을까? 건물도 없는 땅이라면서?"

"아닙니다, 외숙. 건물은 없지만 명분이 있지요. 진마벽가의 장원이란 명분 말입니다."

눈을 반짝이는 유총과 달리 연직은 여전히 걱정스런 표정을 지우지 못했다.

† † †

여루를 대동한 유총이 진마벽가를 찾은 것은 십이월을 하루 남겨 둔 날이었다.

"누가 와?"

"유총 말입니다. 그 대륙 상회의 소회주라던 사람 말입니다."

벽야평의 보고에 벽사흔이 의외란 표정을 지었다.

"말일을 하루 앞두고 방문이라… 설마 돈을 마련한 건가?"

"운영 경비도 마련하지 못해 쩔쩔맨다는 소리를 들었습니다. 아마 그건 아닐 듯싶습니다."

벽갈평의 부정적인 말에도 불구하고 벽사흔은 고개를 끄덕였다.

"일단 뭐라 하는지 들어는 보자고. 들여보내."

"예, 가주님."

복명한 벽야평이 나가고, 잠시 후 유총이 여루와 함께 진마전 안으로 들어섰다.

"그간 안녕하셨습니까, 벽 가주님?"

정중히 포권을 해 보이는 유총에게 벽사흔은 앉은 채로 손을 들어 보였다.

"그냥 그렇지 뭐. 어서 와."

마치 동네 애들을 맞는 듯한 모습이었지만 유총도 여루도 불평을 내뱉지 않았다.

"한데 어쩐 일이야?"

앉으란 말도 없이 다짜고짜 이유부터 묻는다. 어설픈 이야기이면 아예 앉기도 전에 쫓아내겠다는 뜻이었다.

그런 벽사흔을 바라보며 애써 미소를 지은 유총이 품에서 전표 한 장과 문서 하나를 내밀었다.

"받으시지요."

"뭔데?"

"반년 치 보호비와 강 건너에 있는 옛 진마벽가 장원의 집 문서입니다."

돈이란 소리에 벽사흔이 반응하기도 전에 벽갈평이 나섰다.

"반년 치면… 이만 냥짜리 전표군요."

얼른 전표를 확인한 벽갈평의 말에 유총이 여전히 미소를 지은 채 답했다.

"맞습니다. 황금 전장이 발행한 전표로, 금자 이만 냥짜리

옛 장원을 되찾다 • 69

입니다."

"그럼 옛 장원의 집문서가 나머지 반년 치입니까?"

재빨리 자신의 의도를 알아차리는 벽갈평에게 유총이 고개를 끄덕여 보였다.

"그렇습니다. 다만… 한 가지의 명목이 더 붙어 있습니다."

"그게… 무엇입니까?"

"계림 지부의 반환입니다."

벽갈평이 나서면서 등받이에 몸을 묻고 듣기만 하던 벽사흔이 상체를 일으켰다.

"다?"

"예?"

"계림 지부의 모든 것을 돌려달라는 소리냐고?"

"그, 그야……"

"건물만이라면 생각해 보겠지만 딸려 있는 재물까지 달라는 거면 못 준다."

딸려 있는 재물.

하남 상단과 채무를 정리하고 남은 이만 냥 정도의 값어치를 가진 부동산을 말하는 것이었다. 거기에 팔천 냥 정도의 전표까지.

"건… 물만 주시면 됩니다. 사람도 다 데려가셔도 되고……"

"사람까진 필요 없… 아니, 한 놈만 주면 된다."
"누굴 말씀하시는지?"
유총의 물음에 벽사흔이 의미심장한 미소를 지었다.
"이환이란 주사 놈."
"그는 노비가 아닌지라……."
"괜찮아. 너희들이 자르면 내가 알아서 챙길 테니까."
벽사흔의 말에 유총은 머뭇거림 없이 고개를 끄덕였다.
"그렇게 하겠습니다. 하면……?"
"새해에도 잘해 보자고."
벽사흔의 답에 유총의 얼굴이 환해지고 있었다.

그 자리에서 계약서를 작성하고 수인까지 찍은 후, 계약서 한 장을 들고 유총은 진마벽가를 나갔다. 계림 지부를 정리하기 위해서였다.

그런 유총을 벽가의 무사 한 명이 따라갔다. 이환을 데려오라는 벽사흔의 명령 때문이었다.

"그자를 데려다 뭐하시게요?"
벽갈평의 물음에 벽사흔이 웃었다.
"데려다 써."
"제가 말씀입니까?"
"그래. 상가에 있던 놈이니 숫자엔 밝겠지. 자금 관리를 맡기면 제법 잘할 거다. 그놈에게 맡겨 놓고 넌 관리만 해."

"아, 아닙니다. 어찌 세가의 살림을 다른 이의 손에 맡긴단 말씀이십니까?"

"맡겨. 어차피 훔쳐 낼 재산도 없는데, 못 맡길 것도 없어. 그리고 훔쳐 내는 걸 모를 너도 아니고."

"하지만······."

"하지만이고 저지만이고 맡기라면 맡겨. 그리고 몸 좀 추스르고. 무공도 모르는 게 어째 몸을 아낄 줄 몰라. 네 건강에 좀 더 신경을 쓰란 말이다."

"가, 가주님······."

"누가 때렸어? 울긴 왜 울어."

"소, 소인이 주, 주책이 없어서. 크, 크흐흐흑."

눈물을 좀처럼 멈추지 못하는 벽갈평을 벽사흔이 달랬다.

"창피하게······. 그쳐. 그치고, 건강에 신경 쓰란 말이다. 나 죽거든 묏자리 좋은 데 찾아서 장례까지 치르고 나서 죽어. 너 없는 벽가 생각하면 머리부터 아프니까. 그 전엔 어림도 없으니 악착같이 살아. 이건 가주의 명령이야."

투박하기 그지없는 말이었지만 벽갈평에겐 그 어떤 말보다 부드럽고 달콤하게 들렸다.

"크흐흡. 예, 살겠습니다. 악착같이··· 악착같이 살아서 가주님 뒷바라지는 제가 끝까지 할 겁니다."

"그래, 그러자고."

두 사람의 대화를 지켜보는 수뇌들은 왠지 뜨거워져 오는 자신들의 눈가를 몰래 훔치기 바빴다.

벽갈평의 울음이 완전히 그칠 때쯤 유충을 따라갔던 무사가 이환을 데리고 왔다.
"차, 찾으셨습니까?"
잔뜩 움츠린 이환의 물음에 벽사흔이 고개를 끄덕였다.
"그래. 너 대륙 상회에서 잘렸지?"
"어, 어떻게 그걸……?"
"아냐고? 내가 자르라고 시켰거든."
"예? 아니, 왜……?"
"네가 좀 필요해서."
"가, 가주님이 말씀이십니까?"
"그래. 너도 알겠지만, 우리 진마벽가엔 돈에 밝은 사람이 한 명뿐이야. 문제는 그 사람 혼자 다 처리하기엔 너무 일이 많다는 거지."
"그, 그러면……."
"짐작하는 모양이니까 둘러말하지 않으마. 들어와서 세가 살림 좀 맡아라. 물론 대장로가 감독은 하겠지만 실무는 네가 도맡아 하는 거다."
"저, 절 어찌 믿으시고 세가의 살림을 맡기신단 말씀입니까?"
놀라서 묻는 이환에게 벽사흔이 묘한 미소를 지었다.

"그냥 한번 믿어 보는 거지."

"그러다 기대에 어긋나면 어쩌시려고요?"

"뭘 어째, 뒤뜰이 비옥해지는 거지."

"예?"

"뭐가 예야? 널 뒤뜰에 예쁘게 묻어 준다는 소리지."

곁에 있던 송찬의 설명에 이환은 사색이 되었다. 그런 그에게 벽사흔의 말이 날아들었다.

"거절도 상관없어. 대신 내년엔 뒤뜰에 꽃이 잘 자랄 거야."

거절해도 뒤뜰에 묻어 버린단 위협이었다.

"허억!"

기함하는 이환에게 벽사흔이 미소를 지으며 물었다.

"어떻게… 일할래, 비료 할래?"

"이, 일하겠습니다."

사색이 되어 답하는 이환에게 벽사흔이 씨익 웃어 보였다.

"그래. 그게 좋으면 그렇게 해. 대신 잘해야 한다."

"예, 예! 열심히, 분골쇄신의 각오로 최선을 다하겠습니다."

"그래, 꼭 그렇게 해. 갈평."

"예, 가주님."

"네 새끼니까 잘 가르쳐 써."

"감사합니다, 가주님."

답하는 벽갈평의 표정은 아직까지 이전의 감동이 완전히 가시지 않은 까닭인지 마치 커다란 선물을 받는 아이처럼 상기되어 있었다.

† † †

반년 치 보호비와 옛 벽가의 장원을 받은 진마벽가는 진마벽가대로, 계림 지부를 돌려받은 유총 측은 그들대로 분주하게 움직였다.

그중에서도 특히 새로운 직장을 얻은 이환은 정말 눈코 뜰 새 없이 바빴다.

세가의 모든 수익과 지출 항목들에 대한 타당성을 일일이 조사하고 평가해야 했기 때문이다.

특히 가끔 나타나서 '분골쇄신의 각오로 최선을 다하고 있는 거지?'라고 묻는 벽사흔과 그 옆에서 '아니면 정말 분골쇄신시켜 주면 되지.'라고 말하는 송찬 탓에 정말 단 한시도 쉬지 않고 미친 듯이 일만 했다.

그렇게 보름이 지나고, 정월 대보름을 맞이한 회의석상에서 그간의 성과를 검증받는 자리가 마련되고 있었다.

"현재 세가의 수익은 모두 합해 금자로 십이만 냥입니다. 그중에서 삼만 오천 냥을 검각으로 보내고, 반대로 일만 냥을 검각에서 받습니다."

광서 남부와 북부의 공납 절반을 내려보내고, 반대로 검각이 걷어 오던 광서의 성도인 남녕의 수익 중 절반을 상납받기 때문이었다.

"그럼 얼마라는 거야?"

"정확히 구만 오천 냥이 수익입니다. 물론 이것은 대륙 상회가 정상적으로 보호비를 납부할 때의 금액입니다."

"반만 받은 올해는 조금 다르다는 소리군?"

벽사흔의 물음에 이환이 재빨리 답했다.

"예, 가주님. 올해 받은 보호비는 말씀대로 정상치의 절반인 이만 냥입니다. 따라서 올해 우리의 수익은 칠만 오천 냥입니다. 물론 몇 가지 자잘한 수익이 별도로 있습니다만, 그건 워낙 유동적이라 뺐습니다."

"좋아. 그럼 지출은?"

"일단 녹봉과 생활비 등 고정 지출이 오만 냥입니다. 줄일 수 있는 부분을 찾아 열심히 검토했지만 더 이상 줄일 부분은 없었습니다. 오히려… 늘려야 할 곳들이 생겼습니다."

"늘려? 왜? 어딜?"

잠자코 듣고 있던 벽갈평이 두 눈에 쌍심지를 켜고 묻자 이환이 당장 위축됐다.

"그, 그게… 워낙 지출을 억제해 놓은 탓에… 일부 장원의 수리가 미루어지거나 무사들의 복색이 너무 낡았습니다. 무기도 제대로 수리되지 않은 것들이 많아서… 이대로 가면 나중엔 돈이 한꺼번에 너무 많이 들게 될 겁니다."

고리눈을 뜨고 노려보는 벽갈평의 눈치를 보면서도 끝까지 말한 이환에게 벽사흔이 물었다.

"그럼 적당한 지출 금액이 어느 정도야?"

"대략 금자로 육만 냥 정도입니다."

"저, 저런, 쌍놈의 자식을 그냥!"

일이천 냥도 아니고 일만 냥이나 지출을 늘리겠다는 말에 벽갈평의 욕설이 터져 나온 것이다.

"쯧, 좀 조용히 해."

자신의 구박에 벽갈평이 마지못해 자리에 앉자 벽사흔이 다시 물었다.

"그 정도면 적자 안 보고 갈 수 있나?"

"그동안 지출 명목을 보면 상환금과 비축금 항목으로 각기 일만 냥씩 이만 냥이 책정되어 있었습니다. 그대로 유지하자면 올해는 오천 냥이 적자입니다만… 두 항목 중에 하나를 제하면 반대로 오천 냥 정도의 여유 자금이 남습니다."

상환금은 조부가 숨겨 두었던 금괴에서 장원을 짓는답시고 썼던 부분을 다시 채우는 항목이었다.

그러니 그건 제할 수 없었다. 후대를 위한 것이기 때문이다.

"비축금 항목을 제하지."

벽사흔의 결정에 이환이 고개를 끄덕였다.

"그럼 그렇게 처리하겠습니다."

불만이 가득해 보이는 벽갈평의 눈치를 보며 이환이 재빨리 물러나자 벽사흔이 말했다.

"일단 절반이라도 받은 덕에 적자는 면했다. 하지만 이게 내년에도 이어진다는 법은 없다. 그러니 다른 수익처를 찾아보도록."

당연한 말이지만 알겠노라 답하는 사람은 아무도 없었다. 그게 쉬웠다면 지난 기간 그리 걱정하지 않았을 테니까 말이다.

그걸 알기 때문인지 벽사흔도 답을 강요하진 않았다.

"그리고 이환."

"예, 가주님."

"하남 상단 다시 연결해 봐."

"하남 상단을 말씀이십니까?"

"그래."

"이유를 여쭈어도 되겠습니까?"

"남은 부동산 팔아야지."

계림 지부의 부채를 해결하고 남겨진 부동산을 말하는 것이다.

"사려 들지 않을 텐데요?"

"그거야 네가 얼마나 분골쇄신의 노력을 기울이느냐에 따라 달라지겠지. 잘해 봐."

다분히 위협적인 벽사흔의 말에 이환은 어두운 신색으로 고개를 끄덕일 수밖에 없었다.

"아, 알겠습니다, 가주님."

"자, 그럼 오늘 회의는 이쯤하지."

벽사흔의 말이 끝나기 무섭게 사람들이 자리를 떴다. 천생 무인인 이들을 데리고 계획을 논의하고, 돈을 따지고 있었으니 지루할 만도 했던 것이다.

물론 나가고 싶지 않은 사람도 있었다. 하지만 그런 이환도 잔뜩 독이 오른 벽갈평에게 멱살이 잡혀 끌려 나가야 했지만 말이다.

제43장
또 하나의 혈사

 갑작스런 혈사로 무너진 여산파가 있던 강서성의 동남쪽 엔 복건성이 있다.

 바다를 접한 복건성은 명나라의 무역항으로 이름이 높은 하문 항을 두고 있어, 무역 거점으로 발달된 곳이었다.

 그런 까닭에 예로부터 그 이권을 노린 문파들이 난립했던 곳이지만 지금은 한도파란 걸출한 문파가 자리를 잡고 있었 다.

 성향은 정사지간.

 하지만 꼭 한쪽으로 줄을 세우라면 마도 쪽 보단 정파 쪽 으로 기우는 곳이었다.

 그곳에서 화염이 솟구치고 곧이어 비명 소리와 병장기 부덮치는 소리가 흘러나왔다.

 정월 대보름의 둥근 달이 불길과 핏속에 잠겨 가는 한도파를 물끄러미 내려다보고 있었다.

 강호가 다시금 시끄러워졌다.

 작년에 여산파가 무너지면서 들썩였던 것처럼 이번엔 한도파가 무너진 일로 온 강호가 떠들썩해졌던 것이다.

 관부는 이번에도 소리는 요란하게 냈지만 결실은 아무것도 거두지 못했다.

 그럴 수밖에 없는 것이 애초부터 무림에 대해 가장 많이 알고 있다는 관부 기구인 서창은 물론이고, 동창이나 금의위는 관심조차 가지지 않았다.

 하물며 도찰원까지 무관심으로 일관한 까닭에 요란을 떤 것은 복건제형안찰사사뿐이었다.

 다른 지역이었다면 그들도 관심을 기울이지 않았을 것이나 한도파가 성도인 복주 끄트머리에 위치해 있었다는 것이 문제가 되었다.

 그 탓에 복건제형안찰사사의 무장포교들과 수사포교들이 불타 무너진 한도파를 보름 가까이 들쑤셨고, 기찰포교들이 주변을 샅샅이 뒤졌지만 찾아낸 것은 아무것도 없었다.

 결국 여산파의 혈사 때처럼 정체불명의 괴집단에 의한 집단 살해라는 뻔한 결론만 내린 채 복건제형안찰사사가 손을 뗐다.

 그러자 도처에서 파견한 무림인들이 한도파 주변을 어슬렁거리기 시작했다.

 특히 정보 문파라 불리는 개방의 걸개들이 자주 눈에 띄었다.

"상흔이 여러 가집니다."

 시체는 복건제형안찰사사가 모조리 치웠다. 그 탓에 시체에 난 상흔은 조사조차 하지 못했다. 그렇지만 건물의 잔해와 담장에 남겨진 상흔들은 불에 타고 무너졌어도 간간이 찾아볼 수 있었다.

 복주 분타주의 말에 이번 조사를 위해 총타에서 내려온 장로가 물었다.

"여러 가지라면 무공이, 아니면 병기가?"

"사용된 무공은 알아보기 어렵습니다. 하지만 병기는 검, 도, 창에 도끼까지 다양하게 사용되었습니다."

"여산파 때와는 다르군."

"예. 그땐 도 한 가지만 쓰였습니다. 물론 사용된 무공은 역시 찾아내지 못하긴 했습니다만……."

"그래도 병기가 다양하게 쓰였다면 범인을 찾기가 더 수월하지 않을까?"

"하나의 집단이 아니라면 그것도 어렵지 않겠습니까?"

"다수의 집단이 벌인 일이다?"

"그것도 확신할 순 없습니다만, 가능성을 배제할 순 없습니다. 한 문파라 보기엔 사용된 병기의 종류가 너무 많습니다."

복주 분타주의 말대로다. 병기에 의한 상흔은 물론이고 도처에 화살과 투창까지 박혀 있었던 것이다.

"이건 마치 군대가 습격한 것 같으니 원……."

말을 하다 말고 눈이 휘둥그레지는 복주 분타주를 총타의 장로가 돌아보았다.

"근처에 이만한 일을 벌일 군대가 있던가?"

"우선은 복건도지휘사사 휘하의 향방군 중 일 개의 군이 복주에 주둔하고 있습니다."

일 개 군이면 병력이 일만이다. 결코 적은 수는 아니겠지만 무림문파 하나를 적몰시키기엔 부족한 수였다.

"그것으론 부족할 텐데?"

"삼십 리 떨어진 민후에도 일 개 군이 주둔합니다."

"도합 이만이라……."

역시 부족한 느낌이다.

십대무파엔 못 들었다 해도 한도파의 무사들은 일천여 명에 이를 정도로 많았다.

그만한 무사들을 도주자 없이 모두 죽이자면 관병 이만으로는 턱도 없는 일이었다.

"어려울까요?"

"자넨 가능하다고 생각하나?"

"어렵다고 봐야죠."

"그래. 그 정도로도 어려운 일이야. 최근에 다른 곳에서 이동해 온 병력은 없나?"

"없습니다."

아무리 무림에서 활동하는 개방이라지만 대규모 군대가 이동하는 것을 놓칠 정도로 무관심하진 않았다.

"그렇다면 관군은 아니야."

"그 말씀은 결국 무림이라는 말씀이신가요?"

"그렇지 않겠나? 솔직히 관부가 이런 일을 벌일 이유도 없고."

"그렇긴 합니다만… 근처에 그만한 세력이 없긴 무림도 마찬가집니다."

한도파를 쳐서 단숨에 멸문시킬 정도의 능력을 가진 문파는 복건과 너무 멀리 떨어져 있었다.

굳이 가까운 곳을 대라면 남궁세가와 무당을 들 수 있겠지만, 둘 다 이런 일을 벌일 만한 집단은 아니었다.

특히 그들은 이곳에 남겨진 상흔처럼 여러 가지 병기를 사용하지 않는다.

둘 다 검에 특화되어 있기 때문이다.

물론 무당이 권법과 장법에도 일가견이 있다지만 역시 이곳에 남겨진 다른 병장기들과는 그다지 연관성이 없었다.

"뭐라고 보고를 올려야 할지 답답하구먼."

장로의 말마따나 답답하기 그지없었다. 그나마 여산파의 혈사 때는 사용된 무기가 도 한 가지라서 조심스럽게나마 하북팽가와 단리세가가 거론되었지만, 이번엔 거론할 문파도 없었던 것이다.

그런 상황은 개방만이 아니었다. 십대무파는 물론이고 주변 군소문파까지도 조사를 나왔저만, 그들도 아무런 단서를 찾을 수 없었다.

† † †

한도파의 혈사 소식이 강호에 알려진 지 이십여 일, 진마벽가에 손님이 찾아들었다.

"웬일이야?"

퉁명스러운 벽사흔의 물음에 도왕이 물었다.

"너… 아니지?"

"뜬금없이… 뭐가?"

"한도파!"

그제야 도왕의 말뜻을 알아들은 벽사흔의 미간에 주름이 잡혔다.

"미친놈."

"아니야?"

"걔들은 알지도 못해."

"후~ 아니면 다행이고."

"별 시답지 않은 소리는……. 겨우 그거 물어보러 왔냐?"

"근처에 볼일도 있고, 겸사겸사."

"그럼 이제 볼일 보러 가라."

귀찮다는 듯이 말하는 벽사흔에게 도왕이 조심스럽게 물었다.

"혹시… 같이 갈 생각 없냐?"

"어딜?"

"화산."

"화산은 왜?"

"내가 그쪽에 볼일이 있거든. 같이 가자."

"너 일 보는데 내가 왜 따라가."

"소개시켜 줄 사람도 있고……."

"별로 알고 싶은 사람 없다."

여전히 관심을 보이지 않는 벽사흔을 바라보며 도왕이 씁쓸하게 웃었다.

그런 상황에서 송찬이 진마전으로 들어왔다.

"누구 손님 왔다면……."

"아! 송 대호법, 오랜만이구려."

반가워하는 도왕의 모습을 발견한 송찬이 잔뜩 굳었다. 그런 송찬을 바라보며 벽사흔이 피식 웃었다.

"오, 오랜만입니다, 도 대협. 아니, 팽 대협."

그답지 않게 쩔쩔매는 송찬을 보며 다시 웃은 벽사흔이 물었다.

"왜?"

"의, 의논하고 싶은 게 있어서."

"더듬긴… 뭔데?"

"그게……."

송찬이 선뜻 말을 못하고 자신을 힐끗거리자 도왕이 일어섰다.

"자리를 피해 드리리까?"

도왕의 물음에 송찬이 황급히 고개를 저었다.

"아, 아닙니다."

송찬의 말에 도왕이 다시 자리에 앉자 벽사흔이 독촉했다.

"뭔데?"

"저기… 화산 말이다."

"화산이 뭐?"

"그때 초청받은 거 말이다."

"초청… 아! 다과회!"

"아니, 무림지회 말이다."

"다과회 아니었냐?"

"뭐, 차는 마시겠지만… 무림지회라고 들었잖냐."

"그랬나?"

"그래."

두 사람의 대화를 듣던 도왕이 의문을 담은 음성으로 물었다.

"혹 초청을 받았다고 했소?"

"아, 예. 화산의 대장로가 초청을 했습니다."

"화산의 대장로면… 매화검작이 초청을 했단 말씀이오?"

놀라는 도왕에게 송찬이 고개를 끄덕였다.

"예, 그랬습니다."

"그가 이 친구를 어찌 알고?"

"일전에 화산과 잠시 다툼이 있어서……."

"다툼? 화산과 다툼이 있으셨소?"

이전보다 더 놀라는 도왕에게 벽사흔이 퉁명스레 말했다.

"다툼은 무슨… 싸가지 없는 놈들 몇을 손봐 줬을 뿐이야."

그랬는데 매화검작이 초청장을 보냈다.

"장로들이라도 팬 거냐?"

넘겨짚는 도왕의 물음에 송찬이 놀란 표정을 지었다.

"어! 어찌 아셨습니까?"

"맙소사!"

도왕 자신보다는 한 수 아래라 해도 십대고수의 일인이 버티고 있는 화산이다.

더구나 그들의 세력은 십대무파에서도 수위에 들 정도로

강력한 문파였다.

특히 화산의 날카로운 기상은 상대의 힘에 눌리는 것을 극도로 싫어한다.

세간엔 웃자고 벌인 일에 죽자고 덤빈다는 말이 있다. 화산이 딱 그 짝이다.

강호행을 하는 제자들의 사소한 시비를 화산에 대한 모독이네 어쩌네 하며 확대해서는 화산파 전체가 전쟁하자며 달려드는 것이 다반사였다.

성향이 그러니 정사를 불문하고 어지간한 일로는 화산과 얼굴 붉히는 일을 만들지 않는다. 오죽하면 싸움질로는 이 골이 났다는 마교조차 화산과는 되도록이면 분란을 피할 정도였다.

그런 화산의 장로를 두들겨 팼으니 쉽게 끝날 일은 아니다.

"가지 마라."

도왕의 말에 벽사흔이 의아한 표정으로 물었다.

"왜?"

"좋은 의도는 아닐 거다."

"왜 그렇게 생각하지?"

"화산이니까."

"그게 이유야?"

"그래."

일반적으로 무림인에게 이렇게 이야기하면 대부분은 알아 듣는다. 문제는 벽사흔이 일반적이지 않다는 것이었다.

물론 송찬은 위험할 수도 있다는 걸 안다.

하지만 그는 반드시 만나야 하는 사람이 있었다. 그걸 위해서라면 위험쯤은 감수할 수 있었다.

그리고 무엇보다 자신은 몰라도 벽사흔에겐 위험하지 않을 것이라는 생각도 있었다.

"그럼 얼마나 위험한지 가 보지, 뭐."

방금 전까지도 전혀 갈 생각이 없다던 사람의 말이 손바닥 뒤집히듯 바뀌었다.

"그렇게 만만하게 볼 게 아니라니까."

"누가 만만하게 봐. 나 만만하게 안 봐."

"그런데도 간다고?"

"오라잖냐? 그리고 송찬은 가야 할 이유도 있고."

벽사흔의 답에 도왕은 송찬을 돌아봤다.

아무래도 벽사흔이 간다는 이유가 그에게 있어 보였기 때문이다.

"꼭 가야 하는 거요?"

도왕의 물음에 송찬이 고개를 끄덕였다.

"예, 반드시 가야 합니다."

"위험할 수도 있소?"

"죽어도 가야 하는 일입니다."

눈에 어린 결의가 말로만이 아니라 정말 죽을 각오를 하는 것처럼 보였기에 도왕은 더 이상 말릴 수가 없었다. 결국 만류를 포기한 그가 벽사흔에게 말했다.

"내가… 도울 수 없을지도 모른다."

어떤 상황, 어떤 일이 벌어질지 모르기 때문이다.

다른 이들도 아니고 천하의 십대고수가 모두 모이는 자리다.

그곳에서 도왕은 이전처럼 무소불위의 힘을 가진 절세의 고수가 아니라 그저 강한 고수들 열 명 중 한 명일 뿐인 것이다.

"언젠 도왔고?"

벽사흔의 핀잔에 도왕은 멋쩍게 웃을 수밖에 없었다.

말을 듣고 보니 도와준 적은 없다. 도움을 받은 적은 있어도 말이다.

† † †

벽사흔은 다음 날 벽가를 나섰다.

송찬과 팽렬, 그리고 벽라가 따라붙었고, 도왕이 동행했다.

계림이 있는 광서에서 화산이 있는 섬서까진 꽤나 먼 거리였다.

아무리 경공을 아는 무림인들에게도 말이다.

그 탓에 가능한 한 직선으로 움직였다지만 역시 이동하기 편한 길을 택하다 보니 완만하게 곡선을 그릴 수밖에 없었다.

 그렇게 그려진 여정은 호광을 지나 섬서로 들어가는 여로를 만들고 있었다.

 아무래도 산세가 험한 귀주보다는 호광이 길이 편했던 까닭이었다.

 그리고 또 하나, 호광을 택하면 얻게 되는 부수익이 있었는데 바로 동정호에서 배를 타고 장강을 거슬러 올라갈 수 있다는 것이었다.

 벽사흔 일행도 배를 타기 위해 장사에 들어서고 있었다.

 장사는 호광에서도 유명한 고도로, 진시황제가 처음 세웠다고 알려져 있을 만큼 오래된 도시였다.

 동정호의 지류인 상강의 하류에 위치한 장사는 동정호를 통해 장강으로 진출할 수 있었다. 그 덕에 장강을 이용한 해상 수송로가 꽤나 발달해 있었다.

 "여기서 배를 타고 의창까지 올라갈 생각이다."

 도왕의 말에 벽사흔이 시큰둥한 표정을 지었다.

 "그냥 경공을 쓰는 게 빠르지 않을까?"

 "남의 문파에 빨리 도착해서 좋을 것도 없어. 그리고 배를 이용해도 속도는 꽤나 빠른 편이고."

 "그러려나."

"그래. 그리고 동정호와 장강을 그냥 지나가는 것도 예의는 아니지."

도왕의 말에 벽사흔이 미소를 지으며 물었다.

"풍류라도 즐기자고?"

"풍류까지야… 그냥 선상에서 술이나 한잔하자는 소리지."

도왕의 말에 벽사흔은 그저 그랬지만 눈을 초롱초롱 빛내는 송찬을 위시한 다른 일행을 무시할 수는 없었다.

"그러든가."

벽사흔의 허락이 내려지자 일행들의 입가에 만족한 미소가 스며들었다. 그것은 도왕도 다르지 않았다.

"일단 허기는 달래고 배를 타지."

장강 여행이 하루 이틀을 요하는 것이 아니기에 장강을 운행하는 여객선들은 승객들에게 식사를 제공한다.

하지만 육지에서 먹는 음식들처럼 다양하고 신선할 수는 없는 법이다.

그것을 잘 아는 도왕은 며칠간의 해상 여행에 대비해 미리 제대로 된 식사를 할 생각이었던 것이다.

그 탓에 그가 일행을 이끌고 들어선 객잔은 꽤나 고급이었다.

"여기 비싼 데 아니야?"

송찬이 걱정일 정도로 말이다.

"뭘 상관이야. 데려온 놈이 내겠지."

태평한 벽사흔의 말에 도왕이 피식 웃었다.

"그래, 내가 살 테니 걱정 말고 먹어라."

도왕의 말에 송찬만큼이나 걱정스런 표정이던 팽렬과 벽라의 표정이 활짝 펴졌다. 그들의 수중에 있는 돈이 그리 많지 않았던 까닭이었다.

"어서 오세요. 제가 모시겠습니다. 이리로……."

객잔으로 들어서는 일행을 맞은 것은 더벅머리 점소이가 아니라 꽤나 예쁘장한 소저였다.

'점소저'라고 불러야 할 여인의 안내로 자리에 앉자 그녀가 예쁘게 웃으면서 물었다.

"무엇을 준비해 드릴까요? 술, 아니면 요리?"

"둘 다 하지. 뭐가 좋은가?"

도왕의 물음에 소저가 답했다.

"저희는 민과어(悶鍋魚)와 귀약가반주(貴藥加飯酒)가 유명하답니다."

"그럼 그것으로 주게."

"그럼 잠시만 기다리세요."

미소를 남긴 소저가 물러가자 벽사흔이 물었다.

"무슨 요리야?"

"그야 나도 모르지."

"모르면서 시켰단 말이야?"

"대체로 이런 곳은 권하는 것을 시키는 게 좋아. 가장 대중

적이면서 무난한 음식을 권하니까."

한마디로 제일 인기 좋은 음식을 권한다는 소리다. 여러 사람이 찾는다는 것은 그만큼 요리가 맛있다는 반증이니 틀린 소리는 아니었다.

그것을 증명하듯 곧이어 등장한 요리는 꽤나 군침이 도는 향기를 풍겼다.

민물고기 찜과 탕의 중간쯤인 민과어는 톡 쏘는 매운맛이 일품이었고, 귀약가반주란 이름의 황주는 그 매운맛을 구수하게 눌러 주었다.

"이거 구색이 꽤 좋은걸."

도왕의 평가에 벽사흔도 고개를 끄덕였다. 그것은 다른 일행도 마찬가지였는지 요리에 연신 젓가락을 들이미는 모습이 꽤나 맛있는 모양이었다.

그렇게 풀어져 있던 일행의 표정이 급격히 당겨졌다. 강렬한 기파를 가진 일단의 무사들이 객잔으로 들어선 까닭이었다.

"저들이 왜 여기에……?"

상대를 알아본 듯한 도왕의 음성이 채 끝나기도 전에 한 명의 무사가 황급히 달려와 고개를 숙였다.

"후배가 팽 대협을 뵙습니다."

정중한 포권에 도왕이 미소를 지었다.

"남궁가의 신룡이로구먼. 강호행이라도 나온 겐가?"

"아닙니다. 조부님을 모시는 중입니다."

"자네의 조부라면……."

"어허… 이런 곳에서 팽 대협을 다 봅니다그려."

청수한 음성과 함께 단아한 인상의 중년인이 다가왔다.

"그 말은 내가 하고 싶구려, 남궁 대협."

서로 반갑게 인사는 나누지만 격이 없을 정도의 친분은 보이지 않았다.

"일행이 계신 모양입니다."

남궁 대협이라 불린 중년인의 말에 도왕이 일행을 소개시켰다.

"이쪽은 진마벽가의 가주이시오."

"오호~ 소문이 무성한 바로 그분이시구려. 나 남궁창천이오."

"벽사흔."

앞뒤 다 자른 무미건조한 음성에 남궁창천의 검미가 잠시 꿈틀거렸다.

그것을 보았는지 도왕이 서둘러 말을 이었다.

"하하하, 원래 이 친구 말투가 이렇다오. 창천검작께서 이해하시구려."

도왕의 말에 벽사흔을 제외한 일행들의 눈이 커졌다. 또 다른 강호십대고수가 바로 눈앞에 있었기 때문이다.

놀란 사람들의 시선 속에서 도왕의 소개는 계속되었다.
"이쪽은 벽가의 대호법인 송 대협이라오."
"송찬입니다."
제법 정중하게 인사하는 송찬이었지만 눈은 창천검작에게서 떨어지지 않았다.
그가 무림지회에 가는 이유가 바로 이 사람, 창천검작을 만나기 위해서였기 때문이다.
"반갑소."
벽사흔의 인사에서 기분이 상했던지 창천검작의 표정은 그다지 밝지 못했다. 그런 그에게 도왕의 소개가 이어졌다.
"이쪽은 진마벽가의 진도전을 맡고 있는 벽 대협이오."

"벽라입니다."

벽라의 인사에 창천검작의 눈에 이채가 어렸다.

"진마도광?"

자신의 무림명을 대는 창천검작의 음성에 벽라가 겸연쩍은 표정을 지었다.

"과분한 이름입니다."

"허허허! 이거 무림의 새로운 고수를 보는구려. 반갑소."

창천검작의 말에 다시 한 번 포권을 취해 보인 벽라가 물러나자 남은 건 팽렬뿐이었다.

한데 그를 소개해야 할 도왕은 인상을 찌푸린 채 그를 무시하고 자리에 앉았다.

하지만 이미 예상이라도 했던지 아무렇지도 않은 표정으로 팽렬이 포권을 취해 보였다.

"진마벽가의 팽렬입니다."

"파갑신추? 한데 왜 자네가 팽가가 아니고 진마벽가에……?"

모르는 것이 아니다.

이미 강호에 파다하게 난 소문이니 창천검작이 모를 리 없다.

그럼에도 모른 척한다는 것은 달리 원하는 바가 있다는 소리다.

"그리되었습니다."

팽렬의 답에 창천검작이 혀를 찼다.

"쯔쯔, 그리 가솔들을 몰아대더니 결국 파갑신추 같은 걸 출한 인재를 밀어낸 모양이로세. 다 팽가의 부덕이니 너무 마음 상해하지 말게."

듣기엔 분명 위로의 말이다. 하지만 팽가의 어른을 앞에 두고 할 말은 아니다.

아니, 아무리 나왔다지만 여전히 팽씨 성을 쓰는 팽렬에게 도 하지 말아야 할 말이 들어 있으니 위로라기보다는 염장 을 지르는 것에 가까웠다.

"쯧, 그놈의 말버릇은 여전한가 보구려."

"어디 팽 대협만 하겠소."

화기애애했던 분위기는 순식간에 날아갔다.

한데 팽렬도 그렇고 창천검작 뒤에 서 있는 남궁세가의 무 사들도 개의치 않는 표정이다. 미리 이럴 것을 알고 있었다 는 듯한 그들의 표정으로 미루어 이런 일이 하루 이틀 있는 것이 아닌 모양이었다.

"그래, 남궁세가에서 화산으로 가자면 그냥 쭉 가면 될 일 을 뭐하러 예까지 기어 온 게요?"

"기어 오진 않았소이다. 배 타고 편히 왔지. 그나저나 무슨 생각으로 집 나간 애새끼에 앞잡이까지 거느리시고 가는 게 요?"

순간 당황한 일행들의 시선이 벽사흔에게 향했다. 창천검작이 말하는 앞잡이가 누구인지 알아들은 까닭이다.

한데 정작 당사자는 천하태평이다. 이들이 아는 벽사흔의 성격상 절대로 참을 말이 아닌데도 평정심을 유지한다는 것은… 알아듣지 못한 것이다.

도왕을 포함한 일행들이 일제히 안도의 한숨을 내쉬었다.

"후~ 염라대왕 앞에서 재롱이라니… 여전히 앞뒤 분간이 안 되는구려."

도왕의 말에 창천검작이 우습다는 듯이 말했다.

"요새 전직하셨소이까? 팽가의 뒤치다꺼리 전문에서 염라대왕으로 말씀이오."

"내가 어디 그럴 능력이나 되리까?"

도왕의 말에 창천검작의 시선에 살짝 당황감이 스쳤다. 어떤 상황에서도 자신을 낮추는 법이 없던 도왕이 자신을 낮추었기 때문이다.

"요새 도라도 깨우친 겝니까?"

"도라……. 뭐, 굳이 이름 붙이자면 그리 부를 수도 있겠구려."

여전히 알아듣지 못할 말만 해 대자 흥이 떨어졌는지 창천검작이 사람들에게 포권을 취해 보였다.

"자리가 좁은 듯하니 달리 자리를 잡지요. 그럼 나중에 또 봅시다."

"그러시구려."

붙잡을 생각이 전혀 없는 도왕의 대꾸에 창천검작은 두말 없이 돌아섰다.

 그런 창천검작의 뒤에서 맨 처음 인사를 건넸던 무사가 정중히 포권을 취해 보였다.

 "실례가 많았습니다. 그럼……."

 그마저 저만치 떨어져 앉는 창천검작을 따라 움직이자 팽렬이 물었다.

 "누굽니까?"

 "창궁신룡."

 오룡삼봉으로 불리는 강호 후기지수들 중 한 명의 무림명이 나오자 팽렬의 고개가 끄덕여졌다.

 "아~ 창궁신룡 남궁민. 저자가 그자입니까?"

 "그래. 남궁 놈들 중에선 그래도 예의를 아는 놈이지. 한마디로 개천에서… 아니 똥물에서 용 난 셈이지."

 창천검작의 말투도 그렇고 도왕의 신랄한 표현도 그렇고, 뭔가 묘한 분위기에 송찬이 조심스럽게 물었다.

 "별로 사이가 안 좋습니까?"

 "좋을 리가 있겠소. 저런 얌생이 새끼들하고."

 "맨 처음엔 사이가 꽤 좋은 줄 알았습니다."

 송찬의 말에 벽라도 고개를 끄덕였다.

 도왕과 창천검작이 제법 친근한 인사말을 주고받았던 까닭이었다.

새로운 인연 • 107

"팽가와의 사이만 놓고 보면 마교보다 더 사이가 안 좋은 게 남궁세가에요."

팽렬의 말에 음식에만 관심을 두고 있던 벽사흔이 물었다.

"왜?"

"남궁세가는 오대세가의 수좌 자리를 빼앗겼다고 생각하고, 팽가는 당연히 자신들의 자리라 생각하니까요. 오대세가의 수좌 자리를 놓고 벌인 두 세가의 경쟁은 역사가 꽤 깊은 편이거든요."

좋게 말해 경쟁이지 그 안을 파고들면 피와 모략, 그리고 계략이 어지러이 널려 있었다.

"한마디로 맞수로구먼."

벽사흔의 평가에 팽렬이 고개를 끄덕였다.

"그것도 기분 나쁜 맞수죠."

"그나저나 집 나간 애새끼는 넌데 앞잡이는 누구냐?"

순간 사람들의 표정에 긴장이 들어찼다.

"저, 접니다."

당황해서 나서는 벽라를 보며 벽사흔이 물었다.

"네가 왜 앞잡인데?"

"그, 그게… 제, 제가 벽가의 길잡이다, 뭐 그런 소리가 아니겠습니까?"

"길잡이와 앞잡이가 같은 뜻이었냐?"

"그, 그렇게도 쓰이죠."

벽라의 말에 벽사흔은 잠시 고개를 갸웃거리다 말고 송찬에게 시선을 주었다.

"어때, 만났는데 지금 물어볼래?"

"아니, 지금은 그때의 일을 묻기에 좋은 상황은 아닌 듯싶다."

"하긴 저 얼굴을 보면 가르쳐 주고 싶다가도 그런 마음이 사라지긴 하지."

자신을 바라보며 말하는 벽사흔에게 도왕이 어이없는 표정을 지어 보였다.

"뭐야!"

"저 봐라. 자기 자신도 아는 거야. 저리 펄쩍 뛰는 걸 보면 말이다."

벽사흔의 말에 도왕은 입을 다물 수밖에 없었다.

† † †

식사를 마친 일행은 도왕에 이끌려 간다는 말 한마디 없이 객잔을 나섰다.

물론 계산을 위해 뒤에 처졌던 도왕이 창천검작에게 손을 들어 보여 인사를 하긴 했지만 그 정도로 인사를 마무리할 대상이 아니었던 것은 분명했다.

객잔을 나와 선착장으로 향하면서 도왕은 콧노래를 흥얼

거렸다.

"남궁세가 사람들하고 떨어진 게 그리 좋은 거냐?"

"뭐, 그런 셈이지. 크크크."

실없이 웃어 대는 도왕을 보며 벽사흔이 고개를 저었다.

선착장은 강에 만들어진 곳이라고 생각하기 어려울 정도로 컸다.

선착장에 대어진 배들도 바다를 항해하는 배들만큼이나 큰 것들이 많았다.

"생각 외로 크네."

벽사흔의 가벼운 놀람에 도왕이 이유를 설명했다.

"예로부터 장사는 내륙 교역의 중심지야. 인근 지역에 평야가 많아서 곡창지대를 많이 거느리고 있기도 하고. 대부분 그곳에서 나는 곡식이 주 운송물인지라 배들이 모두 큰 편이지. 거기다 장강을 따라 움직이는 대형 여객선들의 일부가 이곳을 거쳐 가기 때문에 여객선들의 규모도 큰 편이야."

"장강을 오르내리는 여객선들의 주요 기항지는 악양 아니었나?"

"대부분 악양을 이용하지. 하지만 일부는 이곳 장사를 거쳐. 이곳에서 타고 내리는 손님들의 수가 꽤 많은 편이거든."

도왕의 설명을 들으며 선착장으로 들어선 일행은 곧 출발한다는 여객선을 찾아 몸을 실었다.

화물보다는 여객 수송을 중심으로 만들어진 배인 탓인지 실리는 화물은 그리 많지 않았다. 대신 사람은 갑판 위로 쉽게 지나가지 못할 정도로 많았다.

"당분간은 어쩔 수 없어. 상강 주변도 경치가 괜찮은 데다, 곧바로 동정호니까."

도왕의 말에 일행은 고개를 끄덕였다.

금방 출발한다던 배는 일행이 탑승한 후로도 한 시진이나 기다리며 꾸역꾸역 손님을 태웠다. 그리고 그 손님들 중에 반갑지 않은 얼굴들이 섞여 있었다.

"겨우 간 곳이 여기시오?"

"또 쫓아온 게요?"

창천검작과 도왕의 대화에 양쪽 사람들은 쓴웃음을 지을 수밖에 없었다.

"그나저나 음식 값을 달아 놓고 가셨더구려?"

"한 끼 정도는 식사를 대접하고 싶을 듯하여 그리하였는데 괜한 배려였소이까?"

"아니외다. 그렇지 않아도 내가 내려 했으니 상관없소이다."

"그럼 되었구려."

그 말을 끝으로 자리를 옮기는 창천검작으로 인해 두 무리는 자연스럽게 갈렸다. 뭐, 그래 봐야 한 배 안이었지만 말이다.

"우리 밥값 저치들이 내게 만들었던 거냐?"

벽사흔의 물음에 도왕이 씨익 웃었다.

"호구가 있는데 굳이 우리 돈 쓸 필요 없잖아."

어쩐지 계산대에서 창천검작에게 손을 흔들어 보이더니 그런 꼼수가 숨겨져 있었던 모양이다.

"뭐, 네 말이 틀린 건 아니다만… 다음엔 그러지 마라."

"왜?"

"얻어먹는 것도 신세다."

그 한마디를 남기고 난간에 기대는 벽사흔을 도왕은 물끄러미 바라보았다.

한 시진을 꽉 채우고서야 배는 선착장을 천천히 벗어나기 시작했다.

그런 배를 향해 두 사람이 무서운 속도로 달려왔다.

휘리릭-

서라든지 기다려 달라든지, 아무 말도 없던 두 사람은 선착장과 거의 십 장(30m) 정도 떨어진 배 위로 날아들었다.

놀란 사람들이 우르르 밀려나며 드러난 얼굴들이 왠지 익숙했다.

"어!"

이쪽을 바라보는 벽사흔을 발견한 두 사람도 마찬가지였

던 모양이다.

"우아, 이런 데서 다 만나네?"

반가운 표정으로 다가 선 이는 거굉 곽련이었다.

"너야말로 웬일이냐?"

"어디 좀 갈 데가 있어서."

곽련의 말이 끝나기 무섭게 강이정이 다가왔다.

"벽 가주님을 여기서 다 뵙는군요."

"오랜만이야. 한데 어디 간다더니 둘이 가는 모양이지?"

"예, 잠시 일이 있어서……."

말을 하다 말고 강이정의 표정이 굳어졌다.

그런 그의 시선을 따라간 곳엔 잔뜩 인상을 구긴 도왕이 보였다.

"서로 아나?"

"예, 압니다."

고개를 끄덕인 강이정이 도왕에게 포권을 취해 보였다.

"후배가 도왕 선배께 인사드립니다."

상대가 예의를 차리니 도왕도 계속 인상만 쓰고 있을 순 없었다.

"오랜만이외다, 강 문주. 철권문의 문주께서 호광엔 어인 일이시오?"

"호광에 저희가 못 올 이유는 없다고 생각합니다만."

백도와 마도, 그 해묵은 갈등이 작은 배 안에서 벌어지고 있었다.

"허험! 호광은 무당의 세력권. 무당이 마도로 돌아선 것이 아닌 이상, 백도의 세력권이라는 걸 모를 리는 없을 것으로 아오만."

도왕의 말에 강이정이 담담히 답했다.

"그렇다고 백도인들이 광동에 걸음을 하지 않는 것도 아니지 않습니까?"

광동은 강이정이 문주로 있는 철권문의 영역이다. 물론 정사지간으로 알려져 있는 칠파도문이 차지한 남부를 뺀 북부뿐이지만 말이다.

만만치 않게 받아치는 강이정의 음성에 다른 이가 끼어들었다.

"하면 감히 마도 나부랭이가 백도인의 걸음을 막을 생각이었던가?"

창천검작이었다.

남궁세가의 사람들도 배로 뛰어드는 곽련과 강이정의 모습을 보았던 것이다.

그들을 보자마자 창천검작은 발길을 돌렸다. 둘만 있을 땐 어떻게라도 이겨야 하는 경쟁자겠지만 마도 앞에선 백도의 동지였던 것이다.

그렇게 창천검작이 도왕의 옆에 서자 강이정은 심한 압박감을 받았다.

도왕만 나서도 상대하기 어렵다는 건 알고 있었지만 기세까지 눌리고 싶진 않았던 탓에 애서 강한 척 나갔었다. 하지만 그 옆에 창천검작이 서면서 그런 시도는 여지없기 꺾여 버렸다.
"흐음… 강호의 후배 강이정이 창천검작 선배를 뵈오이다."
"난 너 같은 후배 둔 적 없다."
 날카로운 창천검작의 음성에 인상을 찌푸렸지만 그뿐이다. 여기서 더 해 봐야 자신의 모습만 우습게 된다는 것을 알고 있는 강이정이 벽사흔을 바라보았다.
"아무래도 나머지 회포는 나중에 풀어야겠습니다, 벽 가주."
"왜?"
"제가 있어 불편한 분들이 있으니 자리를 피하는 게 도리가 아닐까 합니다."
 강이정의 말에 벽사흔이 무슨 소리냐는 듯이 말했다.
"싫으면 싫은 놈이 가야지, 네가 왜 가?"
 생각지도 못했던 벽사흔의 말에 강이정은 놀라서 토끼 눈이 되었고, 뒤에서 붉으락푸르락 인상만 찌푸리고 있던 곽련은 뭐가 좋은지 킥킥대고 있었다.
 하지만 정작 싫은 놈이 되어 버린 창천검작은 그리 좋아할 수 있는 일이 아니었다.

"뭐라!"

버럭 화를 내는 창천검작의 호통에 시큰둥한 표정의 벽사흔이 퉁명스레 말했다.

"거, 시끄러운 놈일세."

벽사흔의 말에 창천검작의 눈에 살기가 튀었다.

"네놈이 감히!"

분노로 부들부들 떨던 창천검작이 도왕을 바라보았다.

"설마 이런 일마저 나보고 참으라고 말하진 않으리라 생각하오만."

상대가 다른 사람이었다면 이따위 물음조차 필요하지 않았다.

그러나 천하의 창천검작도 십대고수의 수좌인 도왕을 상대로는 감히 함부로 행동할 수 없었다. 막말로 도왕이 도를 들고 나서면 창천검작은 고개를 숙일 수밖에 없기 때문이다.

현경과 화경 사이는 그만큼 커다란 차이가 존재하는 것이다.

"가능하면 참으시구려."

도왕의 대꾸에 창천검작이 으스러져라 이를 악물었다.

"으드득! 정녕 개입하겠단 말씀이시오?"

"무슨 그런 말을… 단지 난 걱정이 되어 한 말이라오."

도왕의 말에 창천검작이 의미심장한 음성으로 물었다.

"하면 개입하지… 않겠다는 소리요?"

"내가 이만한 일에 왜 개입을 하겠소."
"하면 내가 알아서 해도 되오리까?"
 살광마저 언뜻 감도는 창천검작의 물음에도 불구하고 도왕은 두 손을 들어 보이며 뒤로 물러났다.
 그러자 물러나려던 강이정이 난감해졌다.
 자신을 위해 나서 준 벽사흔의 위기를 모른 체할 수 없어진 것이다.
"선배께 양보를 청하오이다."
 강이정이 자존심을 버리고 고개를 숙였다. 하지만 창천검작은 그런 강이정에겐 눈길도 주지 않았다.
"너와는 상관없는 일이다. 물러나라."
 창천검작의 말에 잠시 갈등하던 강이정은 오히려 한 발 앞으로 나서며 벽사흔의 곁에 섰다.
"외람되오나 그리는 못하겠습니다."
 강이정이 그리나오자 곽련이 그의 옆에 붙어 섰다. 자신까지 끼어들겠다는 무언의 표시였다.
"이놈들이!"
 언뜻 보이던 살기가 창천검작의 눈을 완전히 감쌌다. 진짜 살심을 먹었단 뜻이었다.
 꿀꺽-
 긴장했던지 곽련의 목에서 침 넘어가는 소리가 크게 울렸다.

"지랄들을 해라, 아주."

못마땅한 음성과 함께 강이정을 뒤로 밀어내며 벽사흔이 앞으로 나섰다.

"눈 깔아."

"뭐라!"

"그 눈 뽑아 버리기 전에 깔라고."

벽사흔이 싫어하는 것, 약자가 강자에게 대드는 것.

그리고 그보다 더 싫어하는 것, 자신한테 살기를 내뿜는 것.

전자는 몇 대 쥐어박는 것으로 끝날 수도 있지만 후자는 사지 중 하나는 반드시 부러트려야 직성이 풀린다.

"이런 하룻강아지 같은 놈이!"

대노한 창천검작의 손이 전광석화처럼 움직였다.

그의 성명절기인 고혼일검(孤魂一劍)이 발현되는 순간이었다.

검 빛이 번쩍이는 순간 혼 하나가 사라진다는 쾌검이 고혼일검이다.

검이 빠져나오는 순간은 둘째 치고, 언제 휘둘러졌는지도 모른다는 검법이 바로 그것이다.

한데 그런 고혼일검이 가로막혔다.

탁- 철컹- 틱- 붕- 쾅!

다섯 가지의 소음이 마치 하나의 소리처럼 동시에 울렸다.

그리고 검을 반절도 뽑지 못하고 가로막힌 창천검작의 신형이 갑판을 뚫고 사라져 버렸다.

뚫린 갑판 앞에서 무언가를 그 안으로 집어 던진 듯한 자세를 취하고 있던 벽사흔이 천천히 일어섰다.

"쯧, 이번뿐이야."

도왕을 돌아보며 던진 벽사흔의 말에 도왕이 환하게 미소를 지었다.

"고맙네."

두 사람의 대화에 얽힌 내용은 알아차리지 못했지만, 벽사흔과 창천검작 사이에 무슨 일이 생겼는지 그제야 알아차린 남궁세가의 무사들이 일제히 검을 뽑아 들었다.

"뭐야?"

인상을 확 찌푸리는 벽사흔의 모습에 잠시 주춤거렸지만 이내 남궁세가의 무사들이 이를 악물고 한 걸음 앞으로 나섰다.

"선배에 대한 예는 아니겠으나, 남궁세가는 우리를 향한 칼끝을 용서한 적이 없습니다!"

패기에다 예의까지 갖춰진 터라 제법 멋들어져 보였다. 하지만 벽사흔의 감상은 조금 달랐던 모양이다.

"미친놈. 칼은 뽑지도 않았어."

"풋-!"

도왕의 입에서 웃음소리가 새어 나왔다. 그런 도왕을 창궁신룡이 원망의 눈초리로 바라보았다.

"아! 미안하네. 한데 여기서 그러고 있지 말고 어서 내려가서 자네의 조부를 살펴야 하지 않겠나."

"하, 하지만……."

"강 위 떠 있는 배 위일세. 어디로 도망갈 곳도 없으니, 먼저 조부부터 챙기게."

거듭된 도왕의 말에 창궁신룡이 마지못한 표정으로 검을 거뒀다.

"다시 올 것이니 기다리시오."

제법 호기롭게 외친 창궁신룡을 따라 남궁세가의 무사들이 검을 거두고 선실로 우르르 내려갔다.

남궁세가의 사람들이 사라지자 잔뜩 놀란 표정의 강이정이 물었다.

"괜… 찮겠소이까?"

일전에 방문했을 때 이미 상당한 실력가라는 것은 느꼈지만, 창천검작과 대거리를 할 정도라고는 미처 생각하지 못했던 것이다.

"안 괜찮을 게 뭐라고……. 괜찮아."

여전히 무신경한 벽사흔의 답에 강이정이 도왕의 눈치를 살피며 말했다.

"그래도… 창천검작도 그렇지만 남궁세가는 결코 쉬운 상대가 아니오."

"우린 쉬운가, 뭐. 상관없어."

벽가에 대한 자부심이다.

하지만 솔직히 벽사흔을 떼어 낸 벽가의 전력은 남궁세가의 절반에도 못 미치는 것이었다.

어찌 보면 앞뒤 없이 막무가내인 벽사흔의 말이지만 그게 묘하게 마음에 들었다. 그 탓에 강이정의 입가엔 저도 모르게 미소가 그려졌다.

"하긴 벽가가 위험하게 되면 우리 철권문이 그냥 있진 않을 거요."

동맹까진 아니어도 결연을 맺은 까닭이다. 강이정은 자신도 모르게 슬쩍 들떠서 한 말이었지만 그걸 들은 도왕은 그냥 지나칠 수 없었다.

"그게 무슨 소리지? 설마 둘이 무슨 관계라도 있어?"

도왕의 물음에 강이청은 아차 싶었지만 벽사흔은 아무 거리낌 없이 답했다.

"아! 전에 결연 맺었어."

"뭐!"

대경하는 도왕을 벽사흔이 시큰둥하게 바라보았다.

"벽가가 다른 곳하고 결연을 맺었다는데 네가 왜 놀라는 건데?"

벽사흔의 말에 도왕보다 더 놀란 사람이 있었다. 그건 바로 강이정이다.

 벽사흔이 백도의 태두라 불리는 하북팽가의 도왕 앞에서 천연덕스럽게 마도인 철권문과 결연을 맺었다고 말해서도 놀랐지만, 정작 기함을 하게 만든 건 벽사흔의 말투였다.

 "벼, 벽 가주께서 말씀이 너무……. 아, 하하하."

 딴엔 벽사흔을 변호한답시고 한 말인데, 도왕은 물론이고 벽사흔에게까지 이상한 눈초리를 받아야 했다.

 "뭐라는 거야?"

 "내가 알아?"

 "아, 아니, 그게 중요한 게 아니고. 정말 철권문과 결연을 맺었단 말이야?"

 "그래."

 "맙소사. 도대체 무슨 짓을 한 거야? 저들은 마도라고!"

 "그래서?"

 "그래서라니. 백도가 마도와 결연을 맺는다는 게 어떤 뜻인 줄 정녕 몰라서 하는 소리야?"

 도왕은 핏대를 세웠지만 벽사흔은 여전히 시큰둥한 표정이었다.

 "글쎄, 잘 모르겠는데. 그리고 우리 백도 아니야."

 "뭐?"

 "백도 아니라고."

 벽사흔의 답에 점점 파래지는 도왕의 얼굴을 바라보던 팽렬이 그가 무슨 오해를 하는지 짐작하고는 재빨리 나섰다.

"마도가 아니라 정사지간입니다, 백부님."

"정사… 지간?"

"예."

팽렬의 답에 도왕의 입에서 절로 한숨이 새어 나왔다.

"후~"

하긴 마도보다는 백번 나았다.

그래도 정사지간이라니…….

백도라고 철석같이 믿고 있었기에, 도왕은 마치 뒤통수를 거세게 한 대 얻어맞은 기분이었다.

고개를 저어 그런 기분을 털어 내려 애쓰며 도왕이 물었다.

"왜 하필 정사지간이야?"

"넌 왜 하필 정파인데?"

벽사흔의 되물음에 도왕은 헛웃음을 지을 수밖에 없었다. 자신의 질문이 불필요한 것이었다는 사실을 알아차린 까닭이었다.

"허, 허허… 그렇지. 왜냐고 묻는 놈이 이상한 거겠지."

"알면 됐고."

벽사흔의 퉁명에 다시 웃은 도왕이 물었다.

"해서 철권문과 결연을 맺었다?"

"그래."

"다른 곳과도 맺은 게 있나?"

"네 집이 있고."

일전에 은하유성도를 넘기는 조건으로 결연을 맺은 것을 말하는 것이다.

"팽가는 빼고."

"광서에 있는 애들이야 다 내 휘하나 마찬가지니까 걔들 정도."

검각을 위시한 광서의 무문들이 모조리 진마벽가의 패권을 인정한 것은 알고 있었다.

접객원에 보란 듯이 걸려 있는 연판장이 그것을 증명하니 모르려야 모를 수가 없었다.

"달리 마도와 연을 맺은 곳은 없고?"

"걔들 속에 마도가 있을 수는 있지."

그건 걱정하지 않았다.

백도인 검각의 영향 탓에 광서엔 마도가 자리를 잡지 못했으니까.

"다른 이들은?"

"지금까진 없어."

"지금까진……?"

"그래, 지금까진."

앞으로 늘 수도 있다는 소리다.

그 말에 도왕은 마도 편에 벽사흔이 서는 것을 상상해 보앉다.

 도왕이 볼 때 벽사흔의 무력은 적어도 이황과 동급이다. 그런 고수가 마도 쪽에 가세하면… 백도는 끝장이다.

 그렇지 않아도 호전적인 마교의 멸겁도황에 한 성격 하는 벽사흔이 가세한다면 백마전쟁은 불을 보듯 뻔했다.

 그것도 백도가 박살 날 전쟁이…….

 그건 무슨 수를 쓰더라도 막아야 한다고 생각한 도왕이 조심스럽게 물었다.

 "저기… 그래도 마도로 바꿀 생각은 없는 거지?"

 도왕의 말뜻을 알아들었는지 벽사흔은 단호한 음성으로 답했다.

 "백도도 아니지만 마도도 생각 없어."

 "확실… 한 거지?"

 "그래."

 피식 웃는 벽사흔의 답에 도왕은 고개를 끄덕였다. 벽사흔 같은 성격의 사람이 내뱉은 말은 어떤 맹세보다도 무겁다는 것을 알기 때문이다.

 "그럼 됐다."

 도왕의 말에 벽사흔이 다시금 피식 웃으며 말했다.

 "자, 그럼 결연을 맺은 문파끼리 술이나 한잔할까?"

 벽사흔의 말에 강이정은 도왕의 눈치를 봤고, 도왕은 잔뜩 인상을 찌푸렸다.

진마벽가를 사이에 두고 백도의 태두라 불리는 하북팽가가 마도의 철권문과 엮이게 된 탓이었다.

"빌어먹을. 그래, 먹자. 술이라도 먹어야지, 맨 정신으로는 안 되겠다."

두 손을 드는 도왕의 말에 벽사흔의 미소가 짙어졌다.

† † †

어디서 어떻게 구했는지 팽렬은 꽤나 많은 술을 가져왔.

그것들을 놓고 벽사흔과 송찬, 도왕, 그리고 강이정이 어울렸다.

물론 그 옆에서 팽렬과 곽련, 그리고 벽라가 따로 자리를 잡았지만 술잔을 주거니 받거니 하는 두 사람과 달리 벽라는 술을 입에 대지 않았다.

창천검작을 비롯한 남궁세가 쪽 사람들과의 문제가 아직 해결되지 않았던 까닭이었다.

그렇게 벽라가 걱정하는 남궁세가의 사람들은 자신들의 선실에 모여 있었다.

"정말 괜찮으십니까, 조부님?"

"괜찮다. 잠시 정신을 놓았을 뿐이다."

답하는 창천검작의 입맛이 썼다.

손자 앞에서 어찌 당하는지도 모르고 정신을 잃었다는 것이 창피했던 것이다.

그렇다고 분노가 일지는 않았다. 분노도 대거리가 가능한 상대에게 이는 법이다.

자신을 한 방에 갑판을 부수고 선실로 처박아 넣은 인사는 결코 어찌해 볼 만큼 만만한 자가 아니었다.

"그자에… 대한 세가의 평가를 처음부터 다시 해야겠다."

"벽… 가의 가주 말씀이십니까, 조부님?"

창궁신룡의 물음에 창천검작이 고개를 끄덕였다.

"그래. 그의 능력은 결코 도왕의 아래가 아니다."

"서, 설마요?"

섣불리 믿지 않는 손자를 보며 창천검작이 말했다.

"그는 분명 도왕에 버금가는… 아니 어쩌면 그 이상의 고수다."

조부인 창천검작의 말에 창궁신룡은 경악했다.

도왕이 누군가? 현경의 경지에 오른 불세출의 고수이자 십대고수의 수좌이다.

그 위라면 현경의 극의… 사람이 오를 수 있는 가장 높은 경지이다.

당금 강호에서 그곳에 이른 사람은 단둘이다. 이황. 강호인들이 신과 사람의 중간자라 하여 신인이라 부르며 우러르는 이들뿐이었던 것이다.

만약 벽가의 가주가 그런 사람이라면 조금 전 창궁신룡과 남궁세가의 무사들은 신인을 향해 검을 들었던 것이다.

불안하게 흔들리는 창궁신룡의 시선에 확신에 찬 조부의 눈빛이 들어왔다. 그걸 본 창궁신룡의 입에서 신음 같은 음성이 새어 나왔다.

"맙소사!"

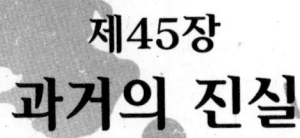

제45장
과거의 진실

 벽사흔의 앞에 창천검작이 다시 모습을 보인 것은 술판이 벌어진 지 반 시진 정도가 지났을 때였다.

 긴장한 벽라가 도를 움켜쥐며 벌떡 일어났지만 그뿐이었다.

 벽사흔과 도왕은 시선도 주지 않았고, 일어서려던 송찬과 강이정은 벽사흔의 손길에 주저앉았다.

 팽렬이 그런 벽사흔과 도왕을 일별한 후, 엉거주춤 엉덩이를 떼는 곽련을 주저앉히고는 창천검작 뒤에서 어쩔 줄 몰라 하는 창궁신룡을 손짓으로 불렀다.

 팽렬의 손짓에 당황하는 창궁신룡에게 창천검작이 말했다.

"가 보거라."

"조, 조부님……."

"난… 괜찮다."

창천검작의 말에 잠시 머뭇거리던 창궁신룡이 팽렬 쪽으로 움직였다.

지금 상황에서 곁에 붙어 있는 것이 오히려 조부의 움직임을 자유롭지 못하게 만드는 것이라 생각한 까닭이었다.

손자가 떨어져 나가자 창천검작이 벽사흔 등이 앉아 있는 자리로 향했다.

다가와서는 아무 말도 없이 서 있자 벽사흔이 시큰둥한 음성으로 말했다.

"뭐해, 안 앉고."

벽사흔의 말이 떨어지기 무섭게 강이정이 엉덩이를 움직여 자리를 만들자 그곳에 창천검작이 앉았다.

그가 앉자 벽사흔이 술병을 들었다.

자연스레 창천검작이 손을 말아 내밀었다. 손바닥 안에 기를 돌려 술잔을 만든 것이다. 그런 창천검작을 바라보던 벽사흔이 툭 하니 내뱉었다.

"하여간 백도란 것들은 겉멋이 너무 많이 들었다니까."

그 말과 함께 자신의 잔을 비워 내밀어진 창천검작의 손에 끼워 넣었다.

놀라운 건 쇠도 두부처럼 잘라 버린다는 기가 가득 돌려진

손안으로 투박한 모양을 가진 자기 술잔이 아무런 문제없이 들어왔다는 것이었다.

풀썩-

기를 풀어 낸 창천검작의 입가에 작은 웃음이 달렸다.

번데기 앞에서 주름 잡기. 지금 그걸 본인이 하고 있었다는 생각 때문이었다.

"이거… 실례가 많소이다."

"그만한 게 실례는 무슨……. 살면서 그 정도 실수는 누구나 다 하고 살아."

벽사흔의 말에 창천검작의 입가에 달린 미소가 진해졌다.

"그리 생각해 주니 고맙소."

그러고는 곧바로 술을 들이켰다. 그리고 빈 잔을 벽사흔에게 내밀었다.

"이건 사과주요."

벽사흔이 잡은 잔에 술을 따르며 창천검작이 한 소리였다. 그 말에 피식 웃어 보인 벽사흔이 술을 단숨에 들이켰다.

그렇게 주거니 받거니 두 사람 다 석 잔을 채우자 도왕이 입을 열었다.

"별로 마음에 드는 인사는 아니지만 백도의 표상 같은 사람이야. 경우도 밝고, 예의도 알고. 단지 아까는 나 때문에 흥분했던 모양이야."

도왕의 말에 벽사흔이 창천검작을 다시 봤다. 그런 벽사흔의 귀로 도왕의 말이 이어졌다.

"강호에서 남궁 하면 격식이란 말이 먼저 나와. 그만큼 격식과 예의를 중요시한다는 거지. 저기 어린 녀석을 봐도 알 수 있겠지만, 남궁세가도 괜찮은 곳이야."

원수 같은 경쟁자라지만 인정하지 않을 수 없는 것도 사실이었다.

도왕의 말에 벽사흔이 피식 웃었다.

"왜 웃어?"

"너도 누군가를 칭찬하긴 하는구나 싶어서."

벽사흔의 말에 옆에 따로 자리를 잡고 있던 팽렬의 입에서 억눌린 웃음이 새어 나왔다.

"큭."

하긴 벽사흔을 만나서 누군가를 칭찬해 본 적은 없다. 대부분 헐뜯고 폄하하고 욕지거리를 퍼붓긴 했지만 말이다.

물론 그렇게 도왕의 입에 오르내린 이들 중 가장 많이 등장한 것이 바로 팽렬이었다.

"저, 저, 못된 놈. 제 백부가 욕을 먹는데 좋단다."

"풋―"

참지 못한 강이정의 입에서 웃음이 새어 나오고.

"푸하하하하!"

창천검작이 통쾌하다는 듯이 웃어 젖혔다. 그것을 시작으로 좌중의 사람들이 웃기 시작했다.

그날, 벽사흔은 또 하나의 인연을 잇고 있었다.

† † †

배는 동정호를 거슬러 올라가 장강과 만나는 끄트머리에 위치한 악양에 잠시 멈춰 섰다. 그곳에서 손님을 내리고, 또 태우기 위해서였다.

타고 내리는 손님들을 난간에 기대어 바라보고 있는 벽사흔에게 창천검작이 다가섰다.

"뭘 그렇게 보고 계시오?"

"사람 구경."

"사람 구경이라……. 재미는 있으시오?"

"나름대로. 한데 왜?"

자신을 돌아보는 벽사흔에게 창천검작이 조심스럽게 물었다.

"한 가지 묻고 싶은 게 있어서 말이오."

"뭔데?"

묻는 건 모두 다 답해 줄 듯한 벽사흔의 태도에 창천검작이 조심스럽게 물었다.

"왜 그 능력을 가지고 팽가의 그늘에 있는 게요?"

"팽가의 그늘이라……."

무엇을 묻는지 안다. 그렇기에 답하기 어려운 것도 아니었다.

"편하니까."

"편… 하단 말이오? 그것이?"

"그래. 일단 팽가 눈치 보느라 시비 거는 놈들 없어서 좋고, 무림 일에 책임지라고 말하는 놈 없어서 좋고. 별로 나쁜 것 없는데."

"하지만 명예는……."

"명예? 그거 먹는 거랑 바꿀 수 있는 거야?"

벽사흔의 물음에 창천검작의 입이 다물렸다. 상대가 정말로 명예가 무엇인지 몰라서 묻는 것이 아니란 것을 알기 때문이다.

조용해진 창천검작을 보며 벽사흔이 말을 이었다.

"명예라는 건 내버려 두면 먼지가 앉고, 쉽게 퇴색되지. 그걸 반짝거리게 닦아 두려면 언제나 고슴도치처럼 각을 세우고, 흠집을 내려는 놈들과 수도 없이 부딪쳐야 할 거다. 그러는 사이 피가 흐르겠지. 내 무사의 피가, 내 가족의 피가 말이다. 먹지도 입지도 못하는 걸 지킨답시고 내 가족의 피를 보는 짓 따윈 안 해."

"그럼 벽 가주께선 무엇에 칼을 뽑으시오?"

"내 가족 건드리는 놈, 그리고 내 성질 건드리는 놈에게 뽑지."

누가 들으면 뒷골목 흑도의 대답 같았을 그 말이 창천검작에게는 꽤나 깊은 이상을 담고 있는 것처럼 들렸다.

"하면 명예는 뒤로 미루어 둔다는 말이오?"

"뒤로 미룰 게 뭐 있어. 명예란 게 꼭 누가 우러러야 명예고, 누가 비웃으면 명예가 아닌 건가? 내가 떳떳하고 자랑스러우면 그게 명예인 거야. 제깟 것들이 뭘 안다고 떠드냐고. 고작 겉모습밖에 못 보는 것들인데 말이야."

댕-

마치 머릿속에서 커다란 종소리가 울리는 것 같았다. 겉모습… 어쩌면 그것을 쫓아온 것이 바로 남궁세가가 아니었나 싶었던 것이다.

"겉모습이라……."

중얼거리는 창천검작에게 벽사흔이 퉁명스럽게 말했다.

"가끔가다 겉치레와 명예를 혼동하는 놈들이 있더라고. 넌 그 함정에 빠지지 마라."

조금 전에 머릿속을 두드렸던 종소리가 마구 울려오는 듯했다.

비척거리며 돌아가는 창천검작에게서 벽사흔이 시선을 돌리며 중얼거렸다.

"누가 누구에게 훈계인 것이냐……. 너나 잘해라, 벽사흔……."

중얼거리는 그의 음성에 자괴감이 가득해 보였다.

"비 맞은 중처럼 뭘 그렇게 중얼거려."

도왕이 다가서며 던진 말에 벽사흔이 고개를 들었다.
"그냥… 네 말대로 비나 왔으면 좋겠다."
"비 온다고 네가 중 되냐?"
도왕의 핀잔에 벽사흔이 피식 웃었다.
벽사흔의 웃음 속에 배는 악양을 떠나고 있었다.

그날 밤, 송찬은 벽사흔의 주선으로 창천검작과 단둘이 마주 앉아 있었다.
"내게 묻고 싶은 게 있다고 들었소."
"그렇습니다."
"말씀하시오. 아는 것이라면 다 이야기해 줄 터이니."
호의적인 창천검작의 태도에 힘을 낸 송찬이 조심스럽게 물었다.
"오 년 전… 무림인들과 관군이 연합하여 살수문 하나를 덮쳤습니다."
순간, 창천검작의 눈썹이 꿈틀거렸다. 그 반응을 살피며 송찬이 말을 이었다.
"제거는 무림인들이 맡았고, 차단과 포위는 관군이 맡았지요. 강호 역사상 무림과 관이 연합한 최초의 사건이었습니다. 창천검작께서도 그곳에 계셨던 것으로 압니다."
송찬의 말에 깊게 가라앉은 표정의 창천검작이 입을 열었다.

"송 대호법의 말대로 난 그때 그곳에 있었소. 당시 그 일을 처리한 문파는 우리 남궁세가와 화산, 그리고 개방이었소만."

"왜 토벌이 시작된 것입니까?"

"살수문을 토벌하는 거야 간혹 있어 온 일. 특별한 사유는 없었소."

틀린 말은 아니다.

이전에도 간간이 살수문에 대한 토벌에 여러 문파가 합심하여 나선 적이 있었으니까 말이다.

"그러나 그땐 관군과 함께했습니다. 하지만 이전에도, 그 이후에도 그런 일은 전혀 없었습니다."

"물론 그랬소. 그 때문에 나도 처음엔 꽤 놀랐으니까 말이오."

"놀랐다는 말씀은 남궁세가가 주도한 것이 아니란 듯이 들립니다만……?"

"맞소. 우리 남궁이 주도한 토벌은 아니었소."

"하면 어디가 주도한 것입니까?"

송찬의 물음에 잠시 그를 바라보던 창천검작이 되물었다.

"내 두 가지만 묻겠소."

"말씀… 하십시오."

"먼저… 혹 자객교에 몸담고 있었소?"

창천검작의 물음에 송찬은 말문이 막히는 것을 느꼈다. 더구나 지금은 혼자도 아니다. 진마벽가에 몸담고 있는 상황이니 자신의 말이 어떤 파급을 가져올지도 확실히 알 수 없었다.

"중요… 한 겁니까?"

이미 그렇게 묻는다는 것이 인정과 다름없었다. 그래서인지 창천검작은 미소를 지으며 고개를 저었다.

"아니오. 무슨 뜻인지는 알겠소. 하면 나머지를 물읍시다."

"말씀하십시오."

"복수를 생각하는 게요?"

창천검작의 물음에 송찬은 곧바로 고개를 저을 수 있었다.

"복수를 당할 입장이긴 했지만 할 입장은 아니라 생각합니다."

"한데 왜 그때의 일을 캐는 게요?"

"찾아야 할 사람이 있습니다."

"누굴……?"

"소중… 한 사람입니다."

송찬의 답에 창천검작은 잠시 아무 말도 하지 않다가 고개를 끄덕였다.

"좋소. 정확히 알고 싶은 것이 무엇이오?"

"당시 자객교에 대한 공격과 더불어 별원을 습격한 이들이 있었습니다."

"별원… 이라면?"

"아시다시피 자객교가 있던 곳은 사천의 기련산입니다."

"맞소. 내가 움직인 곳도 그곳이었으니까."

"별원은… 그보다 북쪽에 있는 명사산 월아천입니다."

"그곳에 대해선 들어 본 적이 없소. 당시 남궁과 화산은 기련산을 쳤고, 개방은 관군과 함께 그 주변을 차단했었소. 그 외의 지역에 가솔을 보낸 적도 없고, 화산의 검수가 나갔다는 말을 들은 적도 없소."

"정말이십니까?"

물어 놓고 보니 결례도 이만한 결례가 없었다. 벽사흔의 위세를 업지 않았다면 평생 가도 이렇게 마주할 가능성이 없는 고인이었다.

더구나 그런 자신에게 선선히 답해 주는 상대에게 의심이라니……. 자신의 결례를 느끼자마자 송찬이 서둘러 사과를 했다.

"죄, 죄송합니다."

"아니요. 찾는 것이 절박하면 그리 물을 수도 있는 법. 안타까운 건 내가 정말 그쪽에 대해선 아는 게 없다는 점이오. 다만."

다만이란 뒷말에 송찬의 눈이 빛났다.

"이것이 도움이 될지 독이 될지는 모르겠소만, 화산과 달리 당시 개방의 행사는 내가 알지 못하오."

화산의 검수들을 이끌었던 매화검작과는 나름대로 친분이 깊었던 덕에 화산의 움직임을 알 수 있었던 것이다. 하지만 개방은 아니었다.

당시 개방의 걸개들을 이끈 사람은 자신들과 같은 강호십대고수의 일좌인 걸군(乞君)이었다. 예의나 격식과는 담을 쌓고 사는 걸군의 성품상 창천검작은 아예 친분을 트고 있지 않았다.

더구나 개방의 임무는 제거가 아니라 관군과 함께 차단과 포위하는 것이었다.

당연히 떨어져 있었기에 그들이 무엇을 어떻게 했는지 창천검작은 전혀 알지 못했다.

"그들이… 별원으로 움직였을 가능성도 있는 것입니까?"

애가 타는지 바짝 다가앉는 송찬에게 창천검작이 고개를 저으며 말했다.

"정확한 것은 알 수 없소. 기련산 밖으로 걸개들을 움직였는지 아닌지는 내가 알 수 있는 범주의 것이 아니니 말이오. 다만, 당시 일을 주도한 것은 개방의 걸군이었소. 하니 나보다는 조금 더 많이 알고 있지 않을까 싶소."

그것만으로도 되었다. 당시 자객교를 덮쳤던 무림인들에 대해 그가 아는 것이라고는 창천검작 한 명뿐이었다.

도주하는 자신을 끈질기게 따라붙었던 이가 바로 창천검작이었기 때문이다.

그러고 보면 어찌 된 일인지 개방의 걸개는 그림자도 보지 못했다.

기련산을 둘러싼 관군의 모습은 어렵지 않게 보았지만 그들을 본 기억은 없었던 것이다.

그 말은 창천검작의 말과 달리 개방의 걸개들이 주변을 차단하는 일에서 돌려져 다른 일을 하고 있었을 수도 있다는 것과 같았다. 이를테면 자객교의 별원을 급습하는 것 같은 일 말이다.

생각을 정리한 송찬이 창천검작을 향해 포권을 취했다.

"은혜를 입었습니다, 대협."

"은혜라 말할 것은 아닌 듯싶소. 그대나 나나 서로 피의 굴레에 휘말린 입장이니 말이오."

자객교의 자객들이 거둔 목숨들 속엔 남궁세가의 무사들도 포함되어 있었다.

반대로 그런 자객교를 끝장낸 이들 속엔 창천검작과 남궁세가의 무사들이 들어 있었던 것이다.

"그렇다 해도… 은혜입니다."

자신이 몸담고 있던 자객교는 돈을 받고 죽였다. 은원이 있어 죽인 게 아니란 소리다.

하지만 자객교를 친 창천검작과 남궁세가는 복수의 정당한 권리가 있었다. 그러니 은혜를 입은 것이 분명했다.

창천검작의 선실에서 나오는 송찬을 벽사흔이 맞았다.
"원하는 건 얻은 거냐?"
"절반… 정도는."
"그럼 나머지 절반은?"
"걸군을 만나… 봐야 할 것 같다."
 말하는 송찬의 음성이 작았다. 미안한 것이다. 창천검작도 그랬지만 걸군도 자신의 힘으론 대면이 어려운 인사였기 때문이다.
 그러나 벽사흔은 아무렇지도 않게 말했다.
"그래? 그럼 만나면 되지, 뭐."
"미, 미안하다."
"뭐가?"
"네게 부담이 돼서."
"미친놈."
 툭 내뱉는 벽사흔의 욕설이 그 어떤 말보다 송찬의 마음을 편안하게 해 주었다.

† † †

 벽사흔 일행이 배에서 내린 곳은 호광의 의창이었다.
 여기서 조금만 더 장강을 타고 오르면 천하절경이라는 삼협이지만 이들의 목적지가 화산인 만큼 배에서 내려야만

했다.

 의창에서 육로를 타기 시작한 이들은 주로 산과 들을 가로질렀다.

 느긋하게 배에서 쉬면서 보낸 시간을 경공으로 다시 단축시켜야 했던 것이다.

 의창에서 보강까지 직선으로 북상하던 일행은 마치 약속이라도 한 것처럼 보강에서 좌측으로 휘어졌다.

 "잠깐!"

 그렇게 휘어지는 일행을 벽사흔이 잡았다.

 "왜?"

 팽렬의 물음에 벽사흔이 물었다.

 "왜 휘어지는 거지? 여기서 쭉 북상해서 무당과 운현을 지나는 게 섬서로 들어가는 지름길 아니었어?"

 마치 지도를 놓고 말하는 것처럼 지명을 정확히 대는 벽사흔을 바라보며 도왕이 겸연쩍은 표정을 지었다.

 "그래서 휘어지는 거다."

 "그게 무슨 소리야?"

 "무당은 밀역(謐域)이다. 지나갈 수 없어."

 "밀역? 그게 뭔데?"

 밀역은 무림인들이 자발적으로 정한 일종의 금지다.

 특별히 방문해야 할 일이 아니라면 근방 백 리는 들어서지 않는다.

그렇게 정해진 밀역은 천하에서 두 군데다. 호광의 무당, 신강의 천산. 하나는 무당파의 본산이고, 또 하나는 마교가 웅크리고 있는 곳이다.

도왕으로부터 설명을 들은 벽사흔이 물었다.

"그 두 곳을 왜 밀역으로 정한 건데?"

"이황에 대한 예우."

"뭐?"

"이황에 대한 예우 차원이라고."

거듭된 도왕의 설명에 벽사흔의 답은 간단한 것이었다.

"별 개똥 같은."

"너에겐 그럴지 몰라도 다른 사람에겐 중요한 일이야."

도왕의 말에 벽사흔의 핀잔이 날아들었다.

"길이면 길이지, 예의상 못 가는 길이 어디에 있어. 난 무조건 이쪽으로 간다."

"어허, 안 된다니까."

도왕이 나서서 말렸지만 벽사흔은 주저하는 송찬을 이끌고 달려가 버렸다. 그런 벽사흔을 따르려던 벽라를 팽렬이 잡았다.

"왜……?"

벽라의 물음에 팽렬이 고개를 저었다.

"가주님은 몰라도 우린 안 돼."

"하지만 대호법은 따라갔지 않습니까?"

"한 명은 지키실 수 있겠지."

팽렬의 말을 알아들었다. 괜히 따라가 봐야 가주에게 짐만 된다는 소리였던 것이다.

벽라가 말없이 고개를 끄덕이자 그 모습을 확인한 도왕이 말했다.

"우린 가던 길 계속 가지."

남겨진 일행이 그 말에 다시 달리기 시작했다.

직선으로 가로지를 벽사흔과 제대로 조우하자면 서둘러야 했던 것이다.

제46장
맑음이 흐림을 부르다

 벽사흔의 손에 이끌려 왔다지만 무당이 가까워질수록 송찬의 불안감은 깊어졌다.
 "그냥 우리도 돌아가는 게 어때?"
 "너답지 않게 왜 그래?"
 벽사흔의 핀잔에 송찬이 투덜거렸다.
 "나다운 게 어떤 건진 몰라도 이건 아니라고."
 "왜?"
 "상대는 자그마치 무극검황이란 말이다. 이건 무모한 짓이야."
 "제 놈이 길을 산 것도 아니고, 돌아갈 이유 따윈 없어."
 "하지만……."

"시끄러. 그만 주절거리고 따라오기나 해!"

벽사흔의 핀잔에 송찬은 할 수 없이 뒤를 따를 수밖에 없었다.

그렇게 막무가내로 달리는 벽사흔을 따라 드디어 무당의 본산인 무당산 부근을 지날 때였다.

"밥이나 먹고 가자."

무당을 찾는 참배객들을 위해 무당산 자락에 자리 잡은 객잔들에서 나오는 구수한 향기에 벽사흔이 이끌린 것이다.

"미쳤어? 눈썹 휘날리게 달려도 모자랄 판에 여기서 밥을 먹게."

"그럼 넌 눈썹 휘날리게 달려. 난 먹어야겠으니."

귀찮다는 듯이 객잔으로 들어가는 벽사흔을 어이없이 바라보던 송찬이 할 수 없이 객잔으로 따라 들어갔다.

"무엇을 드릴……."

냉큼 달려온 점소이의 뒷말이 흐려졌다.

벽사흔과 송찬의 허리 어림에 걸린 칼을 본 탓이다.

무당의 도사들이 아닌 이상 이 근처에서 칼을 가진 무림인을 보는 것이 무엇을 말하는지 알기 때문이다.

"소채하고 만두, 그리고… 저것도 줘. 맛있게 보이네."

다른 탁자의 손님이 먹는 음식을 가리키는 자신의 말에도 불구하고 점소이가 멍하니 서 있자 벽사흔의 목소리가 높아졌다.

"뭐해? 주문 안 받아?"

"아! 그… 저기, 무당의 속가이신 듯한데… 칼을 가지고 이곳에 오시면 안 됩니다. 행여 무당의 도사분들 눈에 띄면 호통을 들으실 겁니다."

"괜찮아."

"예?"

"무당의 속가가 아니니 괜찮다고. 그러니 쓸데없는 소리 그만하고 주문이나 받아."

벽사흔의 말뜻을 한참 생각하는 듯하더니 점소이가 계산대의 주인에게 달려갔다.

그런 점소이에게서 무언가를 들었는지 주인이 다가왔다.

"저기… 죄송합니다만… 손님, 나가 주셔야겠습니다."

"뭐?"

"무당의 도사님도 아닌데 칼을 든 분을 들일 수 없습니다. 죄송합니다."

객잔 주인의 말에 벽사흔의 인상이 구겨졌다.

무장한 무림인을 내모는 객잔이라니……. 다른 지역이었다면 절대 일어날 수 없는 일이다.

"그러니까, 무당의 도사가 아니라서 밥을 못 주겠다? 지금 너 사람 차별하는 거야?"

벽사흔의 시비조에 객잔 주인은 꽤나 당황한 표정이었다.

"차, 차별이 아니라 밀역에서는……."

맑음이 흐림을 부르다 • 153

"밀역? 여기도 정신 나간 새끼가 있네. 자기가 뭐라고 밀역이야! 말코가 칼질 잘하는 게 무슨 자랑이라고 다른 사람들한테 불편을 강요해!"

"소, 손님, 마, 말씀을 가려서······."

"뭐야, 길도 마음대로 못 가게 하더니 이젠 말도 마음대로 하지 말라고!"

평소와 달리 힘없는 백성에게 버럭버럭 화를 내는 벽사흔의 모습에 당황한 송찬이 그의 옷깃을 잡아당겼다.

"너, 왜 그래?"

"왜 그러긴, 저기 앉아서 바라만 보는 말코 때문이지."

벽사흔의 말에 구석으로 시선을 돌린 송찬은 마지못해 일어나는 중년의 도사를 발견할 수 있었다.

문제는 벽사흔이 말하기 전까지 송찬, 자신은 객잔 안에 도사가 있다는 것조차 알지 못했다는 것이다.

관심이 없어서였다거나 미처 못 봤다면 그러려니 하겠지만, 송찬은 객잔으로 들어서면서 혹시나 싶어 분명 내부를 확인했었다. 그럼에도 몰랐다는 말은······.

송찬의 손이 자신도 모르게 검병으로 향했다. 그런 그의 손을 벽사흔이 잡았다.

그제야 자신의 행동을 알아차린 송찬의 표정이 더욱 깊게 가라앉았다.

"무량수불······. 어디에서 오신 동도이신지요?"

"왜, 이젠 호구조사도 하려고?"

완전히 시비조인 벽사흔의 말에도 불구하고 도사는 선하게 웃었다.

"허허허, 그저 궁금해서 여쭈어 본 것이랍니다. 그나저나 식사를 하러 오셨습니까?"

"그럼 객잔에 똥 누러 왔겠어?"

"허허허, 그렇지요. 하긴 묻는 제가 어리석은 것이로군요."

속없이 웃은 도사가 객잔 주인을 바라보며 말했다.

"무량수불……. 도우님, 손님께 음식을 주시지요."

"하, 하나 도사님, 본산에서 아시면……."

"제가 책임을 지지요."

"저, 정말이십니까?"

"예."

도사의 말에 객잔 주인이 마지못한 표정으로 벽사흔에게 물었다.

"무엇을 드시겠습니까?"

"안 먹어."

"예?"

"너 같으면 이런 대접 받으면서 밥 사 먹겠냐?"

객잔 주인에게 톡 쏘아붙인 벽사흔이 도사에게 말했다.

"가자."

"어딜 말씀이십니까?"

"어디긴, 네 집이지."

"제 집… 무당 말씀이십니까?"

"그럼 도사 집이 무당이겠지, 소림이겠냐?"

"허허허, 그렇지요. 도사의 집이 소림일 수는 없겠지요."

"안 가?"

벽사흔의 독촉에 쓰게 웃은 도사가 고개를 끄덕였다.

"갑니다. 본도를 따르시지요."

벽사흔이 그렇게 앞서 가는 도사를 따라나서자 송찬이 황급히 그를 잡았다.

"왜?"

"너 정말 미쳤어!"

"내가 왜 미쳐?"

"그럼 제정신으로 무당에 간다고?"

"그럼 정신 놓고 가냐? 헛소리 그만하고 너도 따라와. 재미있는 일이 있을 듯하니까."

"재미? 내 목 날아가는 게 재미깨나 있겠다, 자식아."

마지못해 따라나서는 송찬도 벽사흔에게 문제가 생길 거라는 생각은 하지 않았다.

자신이 아는 벽사흔의 능력은 적어도 도왕과 쌍벽을 이루니까.

그러니 최소한 자신의 몸 하나는 빼낼 수 있을 것이다.

하지만 자신은… 벽사흔과 달랐다. 무극검황이 아니라 외부를 겨누는 무당의 검이라는 현천검도(玄天劍道)만 나서도 죽은 목숨이었다.

그럼에도 불구하고 송찬은 벽사흔의 뒤를 따랐다. 죽든 살든 친우를 적진과 마찬가지인 무당으로 혼자 보낼 순 없었던 것이다.

† † †

앞서 가는 도사를 따라 마치 산보라도 나온 듯 뒷짐까지 지고 무당산을 오르는 벽사흔은 주변 정경을 보며 고개를 주억거렸다.

"정경이 괜찮지요?"

"나쁘지 않네. 공기도 좋고."

"무당산의 영기 덕이랍니다. 그래서 이곳에 무당이 자리를 잡았지요."

도사는 이런 상황에서도 무당을 자랑하고 있었다.

"그럴 만해."

벽사흔의 동의가 마음에 들었던지 도사가 물었다.

"하면 무당으로 들어오시렵니까?"

"나보고 도사를 하라고?"

"허허허, 도사가 아니면 어떻습니까? 그저 무당산의 영기를 마시며 유유자적하는 것도 좋지 않겠습니까?"

"싫어. 내가 사는 곳도 나름 괜찮거든. 봄이면 계화 향기가 아주 죽여주거든."

"계화라……. 혹 도우의 댁이 계림에 있으십니까?"

"그래. 좋은 곳이야. 사람들도 재미있고."

"흠… 그렇군요."

무슨 생각인지 도사는 그 뒤로 말이 없어졌다.

그렇게 조용해진 도사를 앞세운 벽사흔과 송찬이 가파른 계단을 걸어 무당의 산문이 보이는 곳까지 올라오자 그 유명한 해검지가 보였다.

하지만 앞서 가는 도사도, 벽사흔도 발걸음을 멈출 생각이 없어 보였다.

그 탓에 해검지 앞에서 주춤거리던 송찬도 그냥 그 뒤를 따랐다.

해검지가 바라보이는 산문, 송문고검을 든 두 명의 도사가 그렇게 다가서는 일행의 앞을 가로막았다.

"무량수불… 어디에서 오시는 분들이신지요."

한데 물음의 방향이 묘했다.

벽사흔과 송찬만이 아니라 앞에 선 도사까지 물음의 대상에 포함되어 있었던 것이다.

"너, 집 들어갈 때도 검문 받냐?"

"허허허… 그, 그게, 빈도가 주로 정문을 이용하는 편이 아니라서 말입니다."

 다소 당황스러워 보이는 도사가 산문을 막아선 두 도사에게 물었다.

 "누구의 제자들이더냐?"

 자연스런 하대에 산문을 막아선 두 도사가 서로를 바라보다 조심스럽게 답했다.

 "진무전주이십니다만……."

 "일명의 제자들이로구나. 가서 일명을 좀 불러오너라."

 자신들의 사부를 찾자 상대가 범상치 않은 신분일지 모른다고 생각한 산문의 도사가 물었다.

 "누구라 전해 드릴지……?"

 "그냥 불러오거라."

 다른 때 같았으면 들어줄 리 만무한 요구였지만, 이상하리만치 상대에게 위축되는 것을 느낀 산문의 도사들은 서로를 바라보며 고개를 끄덕였다. 그러더니 둘 중 한 명이 안으로 몸을 날렸다.

 "뭐야, 너 누구를 불러야만 들어갈 수 있었던 거야?"

 벽사흔의 말에 얼굴이 붉어진 도사가 헛기침을 해 댔다.

 "허험, 험."

 그렇게 기다리길 잠시, 안으로 들어갔던 도사가 웬 중년의 도사들을 잔뜩 끌고 내려왔다. 그 속에서 자신이 찾던 이를 발견한 도사가 반색을 했다.

"오랜만이로구나, 일명."

"누구… 허억!"

상대가 누구인지 알아본 일명자가 기겁을 하며 포권을 취했다.

"일명이 사백조를 뵈옵니다."

일명자의 말에 그를 따라왔던 도사들과 산문의 경비를 맡았던 두 도사는 그의 사백조가 누구일까를 생각하다 화들짝 놀라 일제히 고개를 숙였다.

"태상장로님을 뵈옵니다."

"히끅!"

놀란 건 도사들뿐만이 아니었던 모양이다. 뒤에서 들린 딸꾹질 소리에 고개를 돌리니 송찬이 하얗게 질린 얼굴로 연신 딸꾹질을 해 대고 있었다.

"왜 그래? 혼자 맛있는 거라도 먹은 거야?"

"그, 그, 그게 아니라……."

말도 제대로 잇지 못하고 사색이 되어 어쩔 줄 몰라 하는 송찬에게 벽사흔이 핀잔을 주었다.

"뭘 그렇게 놀라. 그럼 무극검황인지도 모르고 따라온 거야?"

벽사흔의 말에 송찬은 더 놀란 표정이 되었다.

"아, 알고 온 거란 말이야?"

"당연하지. 척 봐도 한 칼 하게 생겼잖아. 저런 말코가 흔하겠냐?"

 도사를 앞에 두고 말코 운운하는 사람은 드물다. 그것도 무당의 도사 앞에서 말이다.

"이, 이놈!"

 당장 일명의 호통이 터져 나왔지만 벽사흔은 시큰둥한 표정을 지우지 않았다.

"쟤, 목청 좋네. 저거 계속 목청 좋으려면 네가 말려야 할 거다."

"허허허, 그, 그래야 하게지요. 일명."

"예, 예, 사백조."

"입 닫고 물러나거라."

"하, 하오나."

"어허, 목이 날아가고서도 목청 좋은 사람은 없느니라. 그것은 도사도 다르지 않으니."

 무극검황의 말을 얼른 알아듣지 못해 당황하던 일명의 눈이 갑자기 커졌다. 비로소 말뜻을 이해한 것이다.

 천하의 무극검황 앞에서 무당 도사의 목을 베어 낼 수 있을 정도의 능력을 가진 자. 지금 무극검황은 그렇게 말하고 있었던 것이다.

"서, 서, 설마……."

 무극검황은 일명자가 무엇을 착각했는지 알아차렸다. 자신도 처음엔 그로 착각했었으니까 말이다.

"천산의 손님은 아니니 오해하지 말거라."

무극검황의 말에 일명자는 더 놀랐다. 멸겁도황이 아닌데 그런 능력자라니……. 도대체 누구인지 감도 잡히지 않았던 것이다.

일명자가 놀라든 말든, 자신을 알아보는 자가 나온 까닭인지 무극검황이 산문 안으로 걸음을 옮기며 벽사흔을 돌아보았다.

"들어가시지요."

"그러지."

두말없이 뒤를 따르는 벽사흔과 그 뒤를 황급히 따라붙는 송찬을 바라보던 일명자가 갑자기 앞을 가로막았다.

"송구합니다."

"뭐야?"

"무기를……."

일명자의 말은 끝까지 이어지지 못했다. 무극검황이 끼어든 탓이었다.

"물러나거라."

"하오나……."

"내가 손님을 두려워해서 무기를 거두게 했다는 말을 듣게 할 참이더냐?"

"그, 그것이… 아, 아니옵니다."

"하면 물러나거라."

"예, 사백조."

마지못해 답한 일명자가 물러나자 벽사흔이 피식 웃으며 다시 걸음을 옮겼다. 그런 그의 뒤에 송찬이 잔뜩 긴장한 표정으로 바짝 붙었다.

† † †

산문을 지나면 참배객을 위한 접객당이 있고, 그곳을 지나면 태상노군을 모시는 사당인 상청궁이 웅장한 자태를 뽐내며 서 있다.

그곳을 지나 더 안쪽으로 들어서면 무당의 힘을 고스란히 드러내는 진무전이 거대한 연무장을 품고 있고, 그 뒤로 여러 개의 전각들이 험준한 봉우리들 사이사이로 들어서 있었다.

무극검황은 두 손님을 그보다 더 깊숙이 이끌었다.

이내 무당 장문인의 거처라는 자소궁을 지나고, 장삼풍을 위시한 조사들의 위패가 모셔진 조사전마저 지나쳤다.

그러고 나서 도착한 곳은 어찌 이런 곳에 전각을 지을 수 있을까 싶을 정도로 깎아지른 절벽에 아슬아슬하게 걸쳐 있는 전각이었다.

"이곳이 내 집일세."

"대, 대단하다!"

짙은 운무 사이사이로 드러난 무당 경내의 모습과 그 아래로 뻗어 내린 무당산의 줄기가 한눈에 들어오는 절경 그 자체였다.

하지만 벽사흔의 감상은 조금 달랐다.

"빌어먹을. 잠자다 소피보러 나왔다가 떨어져 죽기 딱 좋겠네."

그 말에 무극검황이 웃음을 지었다.

"허허허허."

"웃긴. 안 들어와?"

언제 올라선 건지 전각의 문을 열고 벌써 발 하나를 들이민 벽사흔의 물음에 무극검황이 고개를 저으며 전각으로 올라섰다.

"아닙니다. 들어가시지요."

전각 안에 들어가자 작은 화로와 그 옆에 놓인 찻주전자가 보였다.

"잠시만 기다리십시오."

그러더니 화로에 불을 지핀다고 부싯돌을 들고 한참 분주히 움직였다.

잠시 후, 화로의 담긴 숯이 벌겋게 달아오르자 찻주전자를 화로에 올려놓았다.

"다른 사람들은 삼매진화니 그런 것 쓰던데."

"그런 데 쓸 힘이 있으면 세상 도우들을 위해 써야지요. 겨우 화로에 불을 붙이는 데 써서야 되겠습니까?"

"그렇게 잘 아는 사람이 길은 왜 막아."

"허, 허허, 허허허."

곤혹스런 웃음이 무극검황의 입에서 흘러나왔다.

그런 곤혹스러움에서 무극검황을 구해 주는 음성이 문밖에서 들려왔다.

"사숙, 계십니까?"

"누구신가?"

"소질, 공명입니다."

"들어오시게."

무극검황의 허락에 문이 열리며 중년의 도사 한 명이 들어섰다.

"손님이 오셨다기에 인사나 드릴 겸 해서 찾아뵈었습니다."

무극검황이 멸겁도황과 버금가는 미지의 고수와 전각으로 향했다는 정보가 그의 귀에 들어간 것이다.

지금이야 느긋해 보이지만 무극검황의 안위를 걱정한 그는 아마도 소식을 듣자마자 미친 듯이 달려왔을 것이 분명했다.

"잘 왔네. 인사드리시게. 진마벽가의 가주이시네."

소개 한 번 한 적 없었지만 무극검황은 벽사흔의 정체를 정확하게 짚어 냈다. 그것이 놀라웠던지 송찬은 눈을 크게 떴지만 벽사흔은 별다른 감흥이 없는지 담담한 표정으로 손을 들어 보였다.

"벽사흔."

제아무리 고수라도 결례일 행동이었으나 자신을 공명이라 밝힌 도사는 불쾌해하는 표정 하나 보이지 않고 정중히 포권을 취해 보였다.

"공명이라 합니다."

사질의 소개가 미흡하다고 느꼈던지 무극검황의 설명이 이어졌다.

"강호동도들이 현천검도라 부르는 사질이랍니다."

"허억!"

비명 같은 신음에 벽사흔이 송찬을 돌아보며 물었다.

"왜?"

"아, 아니야."

아니긴, 지금 송찬은 정신을 차릴 수 없었던 것이다. 무극검황만으로도 정신이 하나도 없는데, 외부를 겨누는 무당의 검이라 칭송이 자자한 불세출의 고수가 또 한 명 얹어졌으니 아예 숨이 막힐 지경이었다.

"동행이십니까?"

현천검도의 물음에 벽사흔이 송찬을 소개했다.

"내 친우야. 벽가의 대호법이기도 하고."

자신이 왜 소리를 내 주목을 받았는지 후회를 하며 송찬이 벌떡 일어나 포권을 취했다.

"소, 송찬입니다."

"반갑습니다, 송 도우."

현천검도와의 인사가 대충 마무리되자 벽사흔이 투덜거렸다.

"밥 안 주나?"

"준비시키겠습니다."

말이 떨어지기 무섭게 문밖에서 누군가가 황급히 멀어지는 소리가 들렸다.

아마도 현천검도와 함께 왔던 도사들 중 한 명이 전음을 받고 부리나케 달려 내려가는 모양이었다.

"기다리는 동안 차나 한잔하시지요."

무극검황이 찻잔을 내고 그곳에 화로 위에서 데워진 찻물을 부었다.

"말리화차 같은데, 향이 좋네."

"철관음이랍니다. 오랜 지우가 선물로 보내 준 것인데, 덕분에 제 입이 호강을 하고 있지요."

"그 오랜 지우, 나도 좀 소개시켜 주지."

딴엔 차가 좋다고 칭찬한 것인데, 무극검황은 곧이곧대로 들은 모양이다.

"그러지요. 아마 그도 도우를 보면 꽤나 반가워할 것입니다."

"정말 소개해 주려고?"

"안 될 게 없으니까요."

"어디에 사는 친군데?"

"좀 멀긴 합니다만… 천산이지요."

"천산… 그럼 이거……?"

"다른 건 모르겠지만 그 친구의 차를 보는 안목은 좋은 듯하더군요."

"이거야 원… 둘이 아는 사이야?"

"함께 이황에 올라 있는 사람이니 모를 리 없지요. 다만 아직 얼굴은 보지 못했군요. 솔직히 산 아래 객잔에서 도우를 처음 보았을 땐 그가 찾아온 것이 아닌가 했었습니다."

"내가 그렇게 안하무인으로 보였나?"

"시원시원했다고 해 두지요."

무극검황의 말에 벽사흔이 고소를 베어 물었다.

"한데 빈도를 찾아오신 건 아니신 듯하고……."

"화산으로 가는 길이었어."

"화산이라면… 무림지회에 가십니까?"

"그래."

"그곳에 참가하시기엔 차고 넘치겠습니다만… 강호의 평가로는……."

"모자란데 어떻게 가냐고?"

"허허허."

미안하게 웃는 무극검황에게 벽사흔이 답했다.

"초청이야. 화산 애들을 살짝 손봐 줬더니 화산의 대장로가 좀 보자더군."

"매화검작의 초청이라······. 그가 도우의 진가를 제대로 알아볼 수 있을지 모르겠군요."

"상관없어."

"허허허, 하긴 강호의 눈이라는 것이 생각보다 어둡긴 하지요."

"뭐, 아니라고는 못하겠군. 이미 화경인 놈을 보고 제하삽십이강이라고 하는 강호이니 말이야."

벽사흔의 말에 현천검도를 돌아본 무극검황이 기분 좋게 웃었다.

"훗날 제 자리를 물려받을 사람이랍니다."

"흠··· 발전 가능성은 보이네. 참을성도 있어 보이고, 시류를 보는 눈도 있고."

벽사흔의 평에 현천검도가 가볍게 포권을 해 보였다.

"과찬이십니다."

"과찬인 걸 알면 됐어. 이제 화경에 턱걸이한 거니까 마음 놓지 마. 네 사숙을 쫓아가려면 아직 한참 멀었어."

"예, 명심하겠습니다."

"혹 들려줄 말씀은 없으시겠습니까?"

은근한 무극검황의 말에 벽사흔이 불퉁거렸다.

"차 한 잔 먹여 놓고 욕심은……."

말은 그렇게 했지만 잠시 현천검도를 살핀 벽사흔의 말이 이어졌다.

"자고로 칼은 갈아야 날카롭고, 피는 베어야 나오는 법이야. 선방에 틀어박혀 도나 닦아 내공이 늘었다고 검도 함께 날카로워지는 것이 아니란 소리다."

벽사흔의 말이 끝나기 무섭게 무극검황이 물었다.

"어찌 아신 겝니까?"

"둔중해. 화경이면 솜털이 곤두서는 느낌 정도는 있어야 하는데, 이건 마치 몽둥이를 들고 서 있는 산척을 보는 듯한 느낌이야."

기세를 세세하게 느끼지 못하는 벽사흔이기에 알 수 있는 것이다.

기감이 발달한 강호의 고수들은 현천검도가 품은 강력한 내기에 눌려 그런 것을 미처 알지 못하기 때문이다.

솔직히 그전이라면 벽사흔은 현천검도가 화경인지도 몰랐을 것이다.

하지만 도왕을 보고, 도군과 창천검작을 만나면서 대강의 느낌을 익혔다.

어디가 현경이고, 어느 정도가 화경의 극의이며, 화경인지 말이다.

그 덕에 객잔에서 만난 무극검황의 정체도 어렵지 않게 짐작할 수 있었다.

도왕을 넘어서는 느낌을 줄 만한 도사는 그 하나뿐이었던 까닭이다.

"하면 사숙께서 제게 강호행을 하라 하신 것이……."

현천검도의 물음에 무극검황의 고개가 끄덕여졌다.

"검집에만 들어 있는 검은 무뎌질 뿐이니… 검집을 벗어나야 제 몫을 하는 것이 검임을 느끼란 말이었다네."

무극검황의 말에 현천검도의 고개가 끄덕여졌다.

그런 현천검도를 바라보던 무극검황의 시선이 벽사흔에게 향했다.

"잠시 무당의 검을 맡아 주시지 않겠습니까?"

"찻값은 이미 했어."

"곧 들어올 밥값으로 치시면 어떨지요?"

"중은 겉옷을 벗겨 가고, 도사는 속 고쟁일 벗겨 간다더니 딱 그 짝이로구먼."

욕이나 마찬가지일 말에도 불구하고 무극검황은 맑은 웃음을 지었다.

"허허허, 고맙습니다, 벽 도우."

"도우는 무슨… 빌어먹을."

벽사흔의 투덜거림에 무극검황은 다시 한 번 맑게 웃었다.

"허허허허."

산 아래로 멀어져 가는 이들의 모습을 바라보는 무극검황의 곁으로 선풍도골의 노도사가 다가섰다.

"그냥 저리 보내도 되겠습니까?"

"하면 빈도의 능력으로 잡을 수 없는 이를 어찌하겠습니까?"

"사숙의 능력이 그뿐이라고는 생각지 않습니다."

"장문인께서는 빈도의 능력을 너무 높이 보시는구려."

"소질은 사숙께서 매번 몸을 낮추시는 것은 무당에 도움이 되지 않는다고 생각합니다."

장문인의 말에 잠시 그를 바라보던 무극검황이 말했다.

"무당에 도움이라……. 다른 땐 모르겠으나 이번엔 낮추는 것이 옳았습니다. 빈도의 대에서 무당이 변고를 당하지 않으려면 말입니다."

그 말뜻을 이해하려 애쓰며 장문인이 물었다.

"진… 정이십니까?"

"아니면 공명을 맡기지도 않았을 것입니다."

무극검황의 말을 곱씹으며 무당의 장문인은 이제 보이지도 않는 이들의 자취를 쫓아 저 멀리 무당산 아래로 시선을 주었다.

그런 장문인에게 무극검황이 말했다.

"돌아올 땐 제 자리를 대신할 기둥으로 자라 있을 것입니다."

"사숙의 말씀이 사실이길 빌지요."

그 말을 남겨 두고 장문인이 자소궁으로 돌아가자 무극검황의 입에서 작은 음성이 흘러나왔다.

"무량수불……. 태상노군의 보살핌입니다. 이 못난 사숙이 떠나기 전에 저런 이를 강호에 보내 주었으니 말입니다. 멸겁도황을 걱정하였는데… 이젠 걱정을 덜어도 되겠습니다."

돌아서는 무극검황의 얼굴은 좀 전과 달리 매우 힘겨워 보였다.

제47장
꽃이 지고, 검이 채우다

 사천에서 섬서로 접어드는 길목에 광원이란 작은 도시가 있다.

 여느 농촌처럼 도시는 볼품이 없었지만 주변을 둘러싼 산세는 사천과 섬서의 산답지 않게 완만하고 꽃이 많기로 유명했다.

 특히 겨울에도 꽃을 피우는 백서향이 군락을 이루는 터라 한겨울에 여행객의 발길을 잡아끄는 곳이었다.

 "정말 꽃이 피었어요. 너무 예뻐요."

 백서향 군락을 보며 연신 찬탄을 터트리는 사손들을 바라보는 금정신니의 눈이 초승달처럼 휘어졌다. 엄한 사문에 갇혀 꽃과는 담을 쌓고 살았던 사손들의 잠깐의 자유가 싱

그러웠던 것이다.

하지만 금정신니 같은 생각을 한 사람만 있는 건 아니었던 모양이다.

"어허, 어찌 사미니(沙彌尼)들이 그리 경박하게 구는 것이냐!"

자신을 수행해 가는 멸절사태의 호통에 화들짝 놀라 움츠러드는 사손들을 안타깝게 바라보던 금정신니가 말문을 열었다.

"멸절."

"예, 사고(師姑)."

"그냥 두게. 저 나이 때에 맞는 행동이 아니던가?"

"하오나 사미니의 품행이……."

누가 아미의 집법 장로 아니랄까 봐 꽉 막힌 답을 내놓는 멸절사태를 바라보며 금정신니가 미소를 지어 보였다.

"잠시가 아니던가? 보는 눈도 없고."

그러고 보니 주변으로 사람이 전혀 보이지 않았다. 꽃을 피운 백서향을 보기 위해 많진 않아도 끊임없이 사람이 다니던 평소의 모습과는 달랐다.

그것이 멸절사태는 조금 달리 보였던 모양이다.

"사고……."

"왜 그러는 겐가?"

"이상… 하지 않으십니까?"

"무엇이 말인가?"

"사람이… 너무 없습니다."

"겨울이니 그런 게지."

태평스러운 답을 내놓던 금정신니의 표정은 곧이어 들려온 비명 소리에 차갑게 굳어졌다.

"꺄악-!"

뭐에 놀란 것인지 멸절사태의 눈치를 보며 백서향 군락지로 다가갔던 사미니 하나가 비명을 지르며 달려오고 있었다.

"무슨 일이냐?"

멸절사태의 물음에 허겁지겁 달려온 사미니가 놀란 표정으로 백서향 군락지를 가리키며 말했다.

"시, 시체입니다, 사고님."

"시체?"

"예, 사고님."

사미니의 답에 금정신니를 돌아보았던 멸절사태가 달려가자 금정신니도 그 뒤를 따랐다.

하지만 시체가 있다는 말에 두 사람을 따라나섰던 사미니들은 옹기종기 모여 있을 뿐, 따라갈 생각이 없어 보였다.

백서향의 군락지로 다가선 멸절사태의 눈에도 시체가 보였다. 문제는 그 수가 하나가 아니라는 것이었다.

"흐음……."

뒤이어 도착한 금정신니의 입에서 신음이 흘렀다. 시체 속에서 어린아이를 발견한 까닭이었다.

"복색으로 보아선 여행객보다는 광원의 주민 같습니다, 사고."

"광원의 주민이라……."

"예."

답을 하며 군락지 안으로 들어간 멸절사태의 발놀림에 쌓인 눈이 걷히며 그 아래 감춰져 있던 시신들이 추가로 모습을 드러냈다.

"수가……."

언뜻 보기에도 수십이다.

아니, 그러고 보니 눈 위에 언뜻언뜻 드러난 흔적들이 군락지 전체를 뒤덮었다.

그 범위를 생각하면 감춰진 시체의 수가 천 단위는 우습게 뛰어넘을 듯했다.

뒤늦게 그것을 느낀 멸절사태가 경악 어린 음성을 흘렸다.

"누, 누가 이런 짓을……?"

"꺄약-!"

멸절사태의 말은 자지러지는 비명 소리에 중단되었다. 그리고 비명 소리를 쫓아 돌려진 그녀의 시선에 가슴에 화살을 꽂은 채 천천히 넘어가는 사미니의 모습이 보였다.

당황한 다른 사미니들의 비명이 이어지는 가운데 멸절사

태의 고함이 터져 나왔다.

"피, 피해라!"

하늘을 새카맣게 물들이며 날아오는 화살들을 발견한 까닭이었다.

퍼버버버벅!

가슴을 칼로 후벼 파는 것 같은 소음을 남기고 쏟아진 화살 세례가 사미니들이 서 있던 언덕을 휩쓸었다.

눈을 부릅뜬 멸절사태의 눈꼬리가 찢어지며 핏방울이 흘렀다.

눈으로 새하얗게 덮여 있던 언덕을 새카맣게 뒤덮으며 쏟아져 내린 화살 속 어디에서도 서 있는 사미니의 모습이 보이지 않았기 때문이다.

그것이 뜻하는 바를 자각하고 언덕으로 뛰어가려는 멸절사태의 소매를 곁에 서 있던 금정신니가 잡았다.

"왜……?"

물음은 중간에서 그쳐졌다.

검은 옷으로 온몸을 휘감고, 그것도 모자라 복면까지 뒤집어쓴 이들이 하얀 대지를 새카맣게 뒤덮으며 사방에서 몰려들고 있었던 것이다.

그런 이들을 바라보며 금정신니가 차가운 음성을 토했다.

"내 오늘 살… 계를 열지니, 저들을 모두 죽이고 열화지옥으로 들 것이니라."

무림지회로 가는 길이었다.

타 문파를 의식한 방장이 고수들로 수행원을 구성해야 한다는 것을, 어린 사손들에게 잠깐이나마 자유를 느끼게 해줄 요량으로 멸절사태를 제외하고는 모두 이 대 제자로 채운 것이었는데 그것이 사랑스런 사손들을 죽음으로 이끌었다.

자신의 실책과 사손들의 죽음이 겹쳐지며 세상이 기천약작(氣天藥爵), 또는 검후(劍后)라 부르는 금정신니의 신형이 날아올랐다.

아미의 전설로 불리는 대라수미혜검(大羅須彌慧劍)이 금정신니의 손에서 펼쳐지자 눈밭 위로 붉은 피가 뿌려졌.

일수에 십여 명이 넘는 복면인들이 쓰러졌지만 사방을 검게 물들이며 몰려드는 복면인들의 수를 생각하면 티도 나지 않았다.

그들 속에서 금정신니와 멸절사태의 분투가 시작되고 있었다.

† † †

피투성이. 정말 말 그대로 피투성이였다. 옅은 감색의 승복은 피에 젖어 서장의 라마승들이 입는다는 붉은 홍의가사처럼 변했다.

미친 듯이 달리고 또 달렸지만 바닥을 드러낸 내력은 이미 반 시진 전부터 그녀에게 도움이 되지 않고 있었다.

 거기다 깊게 베인 옆구리에서 흘러내리는 피의 양도 점점 많아졌다.

 혈도를 막아 지혈을 시켰다지만, 쉬지 않고 움직인 탓에 상처가 더 커지고 있었던 것이다.

 하지만 쉴 수 없었다. 자신의 도주를 위해 수십 자루의 창에 등을 내주고 쓰러진 금정신니의 복수를 위해서라도 반드시 살아야 했다.

 놈들은 남진을 저지했다. 아미로의 복귀를 가로막은 것이다.

 그러나 북쪽은 열려 있었다. 그리고 그곳엔 구파의 형제가 있었다.

 바로 공동. 그곳에만 도착한다면…….

 퍽-!

 섬뜩한 파육음과 함께 멸절사태의 생각은 더 이상 이어지지 않았다.

 뒤에서 날아와 지친 멸절사태의 몸을 관통한 묵창이 그녀의 숨통을 끊어 놓은 까닭이었다.

 천천히 걸어와 멸절사태의 몸에서 묵창을 뽑아내는 복면인의 뒤로 다른 복면인이 내려서며 부복했다.

 "정리 끝났습니다."

"흔적은?"

"모두 지웠습니다."

"그 말은 한도파를 지울 때도 들었던 말이다."

묵창에 묻은 피를 눈으로 닦아 내는 복면인의 차가운 음성에 뒤늦게 나타났던 복면인이 자세를 더 낮췄다.

"이, 이번엔 실수가 없을 것입니다."

"그 말을 믿지. 아이들은?"

"이미 철수를 시작했습니다."

"목격자를 두는 실책은 없겠지?"

"광원의 주민은 시작 전에 모두 죽여 없앴고, 우리가 위장하고 있을 때 들어왔던 외지인은 일이 시작될 때 모두 제거했습니다."

"좋아. 조용히, 그리고 빠르게 물러난다."

"예, 대장."

"쯧."

자신의 호칭이 못마땅한 듯 혀를 차자 부복해 있던 복면인의 자세가 더 낮아졌다.

"소, 송구합니다."

"언제나 화는 입에서 시작되는 법이다."

"며, 명심하겠습니다."

"물러가라."

"존명!"

복명과 함께 부복했던 복면인이 사라지자 묵창에서 피를 다 닦아 낸 복면인이 저만치 공동산을 바라보며 중얼거렸다.

"너희는 다음에 정리해 주지."

한겨울의 추위보다 싸늘한 음성의 여운이 사라졌을 때는 이미 복면인의 모습은 그 어디에서도 보이지 않았다.

그가 이곳에 있었다는 증거는 천천히 식어 가는 멸절사태의 시신뿐이었다.

† † †

보강에서 헤어졌던 벽사흔과 도왕 등의 일행이 다시 만난 것은 호광에서 섬서로 넘어서 처음 접하는 산양이란 도시였다.

"어라!"

주린 배를 채우기 위해 객잔으로 들어서던 도왕이 미리 자리를 잡고 있던 벽사흔을 발견하고 낸 소리였다.

"왜 이리 늦었어?"

"어, 어떻게 벌써 와 있는 거야?"

놀란 도왕의 물음에 벽사흔이 퉁명스럽게 답했다.

"직선으로 움직였으니 당연한 거잖아."

"그거야… 그래도 쉽게 지나오지는 못할 거라 생각했는데……"

아무리 강호가 알아서 만든 밀역이라지만 그것을 무시하려는 자를 그냥 보낼 무당이 아님을 알기 때문에 한 소리였다.

 한데 그 말을 하며 벽사흔이 앉아 있는 탁자로 다가서던 도왕의 발길이 멈춰졌다.

 무당의 도사가 분명할 도인이 함께 앉아 있었던 까닭이었다.

 "누구……?"

 도왕의 물음에 벽사흔이 답하기 전에 자리에서 일어선 현천검도가 포권을 취해 보였다.

 "무당의 공명이라 합니다."

 "공명… 혹 현천검도?"

 놀라는 도왕의 물음에 공명 진인이 겸연쩍은 미소를 지었다.

 "과분한 이름이랍니다."

 "허허, 세상 소문 믿을 게 없다더니… 도장이 딱 그 짝인 듯싶소. 나 팽덕경이오."

 한눈에 알아본 것이다. 현천검도가 화경의 고수라는 것을 말이다. 그것은 창천검작도 마찬가지였다.

 "그러게 말이오. 이래서 세상은 직접 보지 않고선 거론하지 말라는 말이 있는 모양이구려. 남궁세가의 남궁창천이외다."

천하의 도왕과 창천검작을 마주했음에도 현천검도는 전혀 위축됨이 없었다.

"위명이 쟁쟁하신 고인들을 뵙습니다."

"도장에게 고인 소리를 들을 정도는 아니라오."

도왕의 말에 창천검작도 고개를 끄덕였다.

그런 둘의 뒤로 들어서는 이들을 발견한 벽사흔이 버럭 소리를 질렀다.

"너 이 자식, 안 쫓아왔다 이거지!"

벽사흔의 지목에 팽렬이 당연한 것 아니냐는 표정으로 말했다.

"제가 쫓아가 봐야 짐 덩어리 아닙니까? 안 쫓아가는 게 돕는 거라고 생각했습니다."

"빌어먹을 자식, 그러다 내가 당했으면."

"가주님이 어떤 분인데 당해요? 상대편이 당하면 당했지."

절대적인 믿음이다. 과거 무창 인근에서 자신들을 습격한 자객들을 완전히 갈아 놓던 모습을 본 이후부터 생긴 믿음이었다.

"말은 번지르르 잘하지."

벽사흔의 말에 팽렬은 그저 어깨를 으쓱여 보였을 뿐이었다.

"소개를 시켜 주지 않으시겠습니까?"

현천검도의 부탁에 팽렬을 시작으로 한참 동안 서로 인사를 나누느라 분주했다.

 어느 정도 인사가 마무리되자 일행들이 두어 개의 탁자에 나뉘어 앉아 음식을 시켰다.
 곧이어 나온 음식을 먹으며 대화를 나누던 중 도왕의 시선이 객잔 밖으로 돌려졌다. 그리고…….
 "가서 데려오거라."
 도왕의 말에 팽렬이 벽사흔을 바라보았다.
 여하간 자신은 팽가의 사람이 아니라 진마벽가의 사람이었기 때문이다.
 그 모습에 도왕은 인상을 찌푸렸지만 벽사흔은 당연하다는 듯한 표정으로 물었다.
 "왜?"
 "지나간 자들은 공동의 전령이야."
 "그런데?"
 "등에 검은 깃발을 꽂고 있었다."
 도왕의 말에 사람들의 표정에 놀라움이 들어섰지만 그 뜻을 모르는 벽사흔은 고개를 갸웃거리며 물었다.
 "그게 어째서?"
 "구파의 전령이 검은 깃발을 꽂고 달리는 경우는 한 가지뿐이야."
 "그게 어떤 경운데?"

"구파에 소속된 십대고수가 죽었을 때."

그제야 문제가 심각하다는 것을 느낀 벽사흔이 고개를 끄덕이자 팽렬이 재빠르게 객잔을 빠져나갔다. 이미 저만큼 지나간 공동의 전령을 붙잡기 위해서였다.

잠시 후, 헐떡이는 공동의 전령들과 함께 팽렬이 돌아왔다.

"도왕이시오."

팽렬의 소개에 공동의 제자들이 일제히 포권을 취했다.

"도왕 선배님을 뵙습니다."

"고생이 많네. 상황이 상황이니만큼 다른 건 접어 두고 묻지. 누군가?"

도왕의 물음에 공동의 전령들은 곤란한 표정으로 주변을 둘러보았다.

함께 있는 이들이 이 소식을 접해도 되는지 판단이 서지 않았던 것이다.

그런 갈등을 느꼈는지 창천검작이 자신을 소개했다.

"남궁세가의 남궁창천이라네. 그리고 저쪽은 무당의 공명 진인이시고."

천하의 창천검작을 모를 리 없다.

공명 진인도 마찬가지다. 화경인지는 모르고 있었지만, 그 도명은 이미 제하삼십이강에 오르며 강호를 떨어 울렸기 때문이다.

"공동의 말학이 창천검작 선배님과 현천검도 도장께 문후 여쭙니다."

"인사는 되었으니 소식을 전해 주시게."

창천검작의 독촉에 공동의 전령이 조심스럽게 답했다.

"기천… 약작이십니다."

"기천약작! 그녀가 죽었단 말인가?"

놀라는 도왕의 물음에 전령이 고개를 숙였다.

"예."

"사인은? 사인은 무엇인가? 그녀가 아프다는 말은 들은 적이 없네만."

"그것이… 살… 해당하셨습니다."

"뭐라! 살해!"

"예, 도왕 선배님."

"어, 어디에서? 어디에서 당했단 말인가?"

"기천약작께선 광원에서 발견되셨고, 멸절사태께선 공동 인근에서 발견되셨습니다."

"멸절사태? 기천약작 혼자 당한 게 아니란 말인가?"

"예. 사실은 멸절사태의 시신을 발견하고 그 흔적을 추격하다 기천약작 선배님의 시신을 발견한 것입니다."

"아미는, 아미는 이 사실을 알고 있는가?"

"아미로 향하는 전령과 함께 출발하였으니 지금쯤 통보를 받았을 것입니다."

공동은 전통적으로 전서구를 사용하지 않는다. 인근에 독수리와 매, 올빼미 등 맹금류가 많아서 전서구가 중간에 잡아먹히는 일이 잦기 때문이다.

그 탓에 공동파는 무언가 전해야 하는 소식이 있을 때면 발이 빠른 제자들을 뽑아 전령으로 쓰고 있었던 것이다.

"하면 자네들은 지금 어디로 가고 있는 것인가?"

"저 친구들은 소림과 팽가로, 저는 화산으로 가는 중이었습니다."

전령의 답에 도왕이 자리에서 일어서며 말했다.

"그럼 함께 가세. 서두릅시다. 이러고 있을 상황이 아닌 듯하니 말이오."

도왕의 말에 일행들이 분분히 자리에서 일어섰다.

† † †

생각도 못했던 소식이 도착한 화산은 벌집을 들쑤셔 놓은 듯 소란스러웠다.

그것은 기천약작이라는 초인의 죽음 때문이기도 했지만, 더 심각한 것은 그녀가 화산에서 열리는 무림지회에 참석하기 위해 이동하다 변을 당한 까닭이었다.

그 탓에 아직 도착하지 않고 있는 이들의 안위를 걱정한 화산은 자파의 매화검수들을 그들의 예상 이동 경로로 급파

했다.

"아직 도착하지 않은 이들이 누구누구요?"

도왕의 물음에 매화검작이 자리에 없는 이들의 이름을 천천히 불렀다.

"창존, 도군, 걸군, 일수독작(一手毒爵), 그리고 기천약작이오."

십대고수 중 절반에 해당하는 숫자였다.

"이거야 원, 십대고수가 암살을 당할까 봐 걱정해야 하는 상황이라니……."

도왕의 말에 좌중에 무거운 침묵이 내려앉았다. 그들도 이런 일이 생기리라고는 생각지 못했던 까닭이었다.

"이렇게 넋 놓고 있느니 차라리 우리가 나뉘어서 그들을 마중 나가는 것이 낫지 않겠소이까?"

의견을 낸 이에게 사람들의 시선이 모여들었다.

"아미타불. 검존 시주의 말에 나도 동의합니다. 이렇게 기다리는 건… 흉수가 누구인지 몰라도, 그들에게 시간과 기회를 주는 것이라 생각됩니다."

소림의 보물이라 불리는 권군의 말에 나머지 사람들의 시선이 매화검작에게 몰렸다.

일단 이번 무림지회의 주재자가 바로 화산의 대장로인 매화검작인 까닭이었다.

그렇게 몰려든 사람들의 시선을 받으며 매화검작이 천천

히 입을 열었다.

"이렇게 말하는 것이 조심스럽긴 합니다만… 아직 도착하지 않고 있는 분들과 기천약작은 조금 다릅니다."

부연 설명이 없었지만 그 말을 못 알아듣는 이는 아무도 없었다.

사실 기천약작의 특기는 무공이 아니라 의술이었다.

물론 화경에 이를 정도의 깨달음과 뛰어난 무공을 가진 것은 분명했지만, 오로지 무공만 연성해 초인이 된 다른 십대고수들에 비해선 분명 실력이 떨어지는 것이 사실이었다.

자신의 말에 저마다 고개를 끄덕이는 이들을 둘러보며 매화검작이 말을 이었다.

"하니 좀 더 기다려 보고자 합니다. 우리가 움직이면 흉수의 능력을 우리 이상으로 끌어올리는 결과가 될 겁니다. 그건… 강호에 일대 혼란을 일으키는 단초가 될 것입니다."

매화검작의 말에 처음에 직접 나서 보자고 했던 검존이나 그에 동조했던 권군까지 고개를 끄덕였다. 충분히 타당성을 갖춘 말이었기 때문이다.

결국 사람들은 기다리기로 했다. 도착할 이들의 능력을 믿기로 한 것이다.

기다린 지 이틀, 회의를 하루 남겨 두고 일수독작이 무거운 표정으로 도착했다.

하지만 다른 이들은 회의가 개최되기로 한 날짜까지도 모습을 드러내지 않았다.

"유명을 달리한 기천약작을 제외하면 창존과 도군, 그리고 걸군이 도착하지 않았습니다."

매화검작의 말에 도왕이 무거운 음성으로 말문을 열었다.

"창존이야 언제나 불참하던 이이니 제쳐 놓더라도, 도군과 걸군은 어찌 된 일인지 확인해 봐야 하지 않겠소?"

"도군은 아직 귀주제형안찰사사의 형옥에 있는 것으로 알고 있소."

일수독작의 말에 사람들의 표정에 불쾌함이 떠올랐다. 아무리 관부라지만 십대고수를 몇 달씩이나 가둬 두고 있는 것이 마음에 들지 않았던 것이다.

"단리세가는 뭘 하기에 여태 그대로 두는 겐지……."

불편한 음성이 사방에서 흘러나왔다. 그런 것이 안쓰러웠던지 나름 단리세가와 인연이 있었던 매화검작이 변명을 하고 나섰다.

"단리세가의 사정이 녹록지 않은 모양입니다. 얼마 전엔 결국 장원마저 관부에 빼앗겼다 하더군요."

이미 단리세가의 장원에 얽힌 대략적인 이야기는 알고 있던 이들이기에 그것만으로도 설명이 되었다.

"하면 집도 없이 뭐하고 있답디까?"

도왕의 물음에 매화검작이 답했다.

"지금은 천막을 치고 버티는 중인 모양입니다만… 그것도 여의치 않은 듯합니다."

"아니, 그것도 막는답디까?"

"불법 무장 세력이 그러고 있는 것에 백성들이 불안해한다고 한답니다."

"불법 무장 세력! 허허, 언제 무림의 문파가 관부에게 불법 무장 세력이 되었는지……."

어이없이 웃는 도왕의 말에 사람들이 저마다 관부의 행태를 비난했지만 그뿐이었다.

그 어떤 사람도 곤경에 처한 단리세가를 돕겠다고 나서지 않았던 것이다.

이것이 바로 강호였다. 입으론 걱정할지라도 실제론 돕지 않는다. 강력한 세력이 무너지는 것은 다른 문파에겐 기회였고, 이익이었다.

한정된 이권을 나눠 먹어야 하는 강호 세력에겐 필연적인 세력 다툼이었던 것이다.

그것이 불편했던지 도왕이 재빨리 화제를 바꿨다.

"하면 도군은 그리되었다 치고, 걸군은 어찌 된 게요?"

"그에 대해선 개방에 문의를 해 놓은 상태입니다. 곧 답이 있을 것으로 압니다."

매화검작의 답에 검존이 투덜거렸다.

"원래 회의의 시작은 오늘부터 아니었소? 설마 그가 도착할 때까지 기다리자는 것이오?"

"상황이 상황이니 조금 기다려 보십시다."

도왕의 말에 검존이 투덜거리며 한발 물러났다. 마교의 부교주인 자신과 달리 나머지 십대고수의 절대다수가 백도였기 때문이다.

백도가 아닌 이는 관부고수라 불리는 창존과 정사지간으로 분류되는 도군뿐인데, 공교롭게도 그 둘은 모두 불참하고 있었다.

그 탓에 이번 무림지회에서의 검존의 입지는 다른 때에 비해 유난히 좁아 보였다.

개방으로부터 소식이 도착한 것은 첫 회의 날의 늦은 오후였다.

"실종?"

놀란 매화검작의 물음에 인근의 개방 분타에서 온 걸개가 조심스럽게 답했다.

"예. 총타로부터 온 전서에 따르면, 태상방주께서는 이미 이십여 일 전에 총타가 있는 개봉을 떠나셨다 합니다."

"이십 일 전? 그리 일찍 출발한 이유가 있소?"

"오시는 길에 몇몇 분타에 들러 볼 예정이셨던 것으로 압니다."

"한데 실종이라고 결론을 내린 이유는 뭐요?"

"원래대로라면 태상방주께선 허창과 여양, 그리고 낙양 분타를 거쳐 화산으로 오시기로 되어 있었습니다."

"한데?"

"오 일 전에 여양 분타를 출발하신 것은 확인이 되는데, 낙양 분타엔 오신 적이 없는 것으로 확인되었습니다."

"그럼 그 오 일 안에 실종이 되었다?"

"예. 지금 여로상의 모든 분타의 걸개들이 태상방주님의 흔적을 찾고 있으니 조만간 소식이 있을 것으로 압니다."

그 소식이 좋지 않으리라는 것은 좌중의 모든 이가 짐작할 수 있었다.

천하에 모르는 것이 없다는 정보 문파인 개방이 자신들의 태상방주를 실종으로 분류한 것부터가 여상하지 않았기 때문이다.

"알았으니 잠시 물러가 쉬시게."

"아닙니다. 저도 곧바로 귀환하여 수색에 참여하여야 합니다."

"흠… 알았네. 고생했네."

"예. 그럼."

포권을 취해 보인 걸개가 황급히 나가자 사람들의 얼굴로 걱정이 내려앉았다.

"아무래도 움직여 보는 것이 좋겠습니다."

매화검작의 음성에 걱정 가득한 사람들의 시선이 그에게

몰렸다.

"수색에 참여하자는 말씀이오?"

"마지막 모습이 확인된 여양은 이곳과 그리 멀지 않습니다. 그럼에도 뒷짐만 지고 있을 순 없지 않겠습니까?"

매화검작의 말에 사람들의 표정이 제각각이다. 각자 자파의 이익과 명분을 따져 보는 것이다.

그것은 이전에 마중을 나가자고 말했던 검존은 물론이고 승려인 권군도 다르지 않았다.

제48장
거지를 찾다

 생각지 못한 상황이 벌어진 까닭에 벽사흔은 철저하게 외면받고 있었다.

 오죽하면 그를 초청했던 매화검작마저 그의 존재를 까맣게 잊어버리고 있었다.

"연일 심각한 상황이 지속되는지라… 송구합니다, 벽 가주님."

 그래도 안면이 있다고 찾아와 사과를 건네는 이는 일전에 하남 상단과 대륙 상회 계림 지부의 일로 마주쳤던 태을검 현이었다.

"상관없어. 한적하니 좋은데, 뭐. 그나저나 또 죽은 사람은 없다대?"

거지를 찾다 • 201

벽사흔의 호기심에 잠시 머뭇거리던 태을검현이 대답했다.

"그게… 죽지는 않았으나 실종된 분이 계십니다."

"실종? 누가?"

"걸군께서… 오 일 전부터 행적이 묘연하다 합니다."

걸군의 이름이 거론되자 벽사흔만큼이나 주목받지 못했던 현천검도가 끼어들었다.

"어디서 최종적으로 종적이 발견되었답니까?"

"여양 분타랍니다. 원래대로라면 낙양 분타를 들렀다 이곳 화산으로 오셨어야 하는데, 낙양 분타에 도착하지 않으셨다더군요."

"음, 그럼 여양 인근에서 종적이 끊겼다는 말인데, 여양이면……."

"예, 이곳과 그리 멀지 않은 곳이지요."

멀지 않다고 말하니까 마치 옆 동네처럼 들리지만 사실 화산과 여양은 상당한 거리를 두고 있었다.

둘 사이의 거리는 대략 칠백 리(약 275km), 일반인이 말을 이용해도 꼬박 이틀을 쉬지 않고 달려야 도착할 수 있는 거리였다.

"그래서 어찌한답니까?"

"수색을 나가자는 의견이 나왔었는데… 대부분이 반대해서……."

"흠……."

이유는 뻔했다.

걸군이 어디선가 죽어 있는 것이 자파에 더 이익이란 계산을 끝낸 것이다.

부스럭부스럭-

부스럭거리는 소리에 뒤를 돌아보니 송찬이 간단하게 짐을 싸는 것이 보였다.

"너, 뭐하냐?"

"걸군 찾으러 나가 봐야겠다."

송찬이 그러는 이유를 알고 있는 벽사흔이 자리에서 일어섰다.

"같이 가자."

"미안… 하다."

"별… 으응? 넌 왜 일어나?"

"빈도도 함께하겠습니다."

"넌 굳이 안 나서도 돼."

"사숙께서 절 내보내신 것은 벽 도우를 따라다니며 세상을 배우라는 뜻이라 생각합니다. 하니 벽 도우께서 가시면 저도 갑니다."

현천검도의 말에 벽사흔이 피식 웃었다.

"정히 그렇다면."

방을 나서는 세 사람을 보며 태을검현이 물었다.

"어른들께 알리겠습니다."

"내버려 둬. 지들 일 보기도 바쁜 모양인데."

"그래도……."

"아주 가는 것도 아닌데, 뭐. 다녀올게."

그렇게 나가던 벽사흔은 누룽지를 잔뜩 얻어 돌아오던 팽렬과 마주쳤다.

"그건 뭐냐?"

"입이 궁금해서요. 헤헤."

멋쩍은 듯 웃는 팽렬의 품에서 누룽지 한 쪽을 집어 든 벽사흔이 그걸 우물거리며 말했다.

"잠시 나갔다 올 테니까 사고 치지 말고 기다려."

"어디 가시는데요."

"근처에 잠시 나갔다 올 거야."

"그럼 그냥 기다리면 됩니까?"

"그래."

"알겠습니다. 잘 다녀오세요."

넙죽 고개를 끄덕이는 팽렬의 모습에 벽사흔이 미간에 주름을 잡았다.

"아니, 너 따라와."

"예? 기다리라면서요."

"마음이 바뀌었어. 따라와."

빈말로라도 따라가겠다는 말이 없어서 심통이 난 것이다.

"그, 그럼 벽라 전주는 어찌……."

"걔는 둬. 함께 고생할 필요 없으니까."

벽사흔의 말에 팽렬의 표정이 구겨졌다.

"그럼 우리 고생하러 나가는 거예요?"

"그럼 놀러 나가는 줄 알았냐? 시끄럽게 떠들지 말고 따라나서."

결국 팽렬은 그렇게 끌려 나가야만 했다.

† † †

전광석화란 말이 있다.

화산을 나선 벽사흔 일행의 움직임이 그랬다. 그들은 화산을 떠난 지 반나절도 되기 전에 개방의 여양 분타 인근에 도착한 것이다.

"여기서 나간 것까진 확인이 되었다니까 수색을 시작하려면 이곳부터야."

송찬의 말에 벽사흔이 물었다.

"근데 그렇게 바닥을 보면 뭐가 나오냐?"

"태을검현의 말대로라면 걸군은 오 일 전에 이곳을 나섰어. 그 말은 당시 걸군에게 남은 시간이 그리 많지 않았다는 뜻이야."

"시간이 없어? 왜?"

거지를 찾다 • 205

"무림지회에 제대로 맞추려면 걸군에게 남은 시간은 사 일이었던 셈이니까. 그동안 낙양 분타를 들러 일을 보려면 걸어서 갔을 리는 없지."

"그야 그렇지."

"걸군 정도의 고수가 경공을 펼치면 조금 더 특이한 흔적이 남기 나름이야. 그걸 찾아야 해."

"그럼 그걸 찾느라고 그렇게 바닥에 코를 박고 있는 거냐?"

"그래."

고개도 들지 않고 답하는 송찬의 모습에 벽사흔은 어깨를 으쓱였다.

"알았다. 그럼 찾으면 말해라."

이번엔 대답도 없다.

그래도 벽사흔은 아무 소리도 하지 않았다. 그만큼 송찬의 마음이 급하다는 것을 알기 때문이다.

† † †

유삼은 전란 통에 부모를 잃고 굶어 죽어 가다 개방의 걸개에게 구해지면서 개방의 방도가 되었다.

그간 겪은 더럽고 치사한 일들만 나열해도 두꺼운 책으로 수백 권을 엮어 낼 수 있을 만큼 산전수전 다 겪은 것이 바로 유삼이었다.

 그래도 참고 견딘 덕에 사십을 넘어서며 분타주가 되어 여양 분타를 맡았다.

 그렇게 유삼이 맡은 여양은 총타도 가깝고, 인근엔 소림사도 있어서 별다른 분란이 없는 곳이었기에 지내기엔 나쁘지 않았다. 태상방주가 여양을 나서면서 실종되기 전까지는 말이다.

 총타에서 나온 기라성 같은 고수들이 마치 죄인 심문하듯이 자신을 닦아세웠어도 유삼은 아무 말도 하지 못했다.

 지금 상황에 말 한마디 삐딱 잘못하면 곧바로 모가지가 날아갈 것이란 걸 직감적으로 느낀 까닭이었다.

 그렇게 난리를 친 총타의 고수들이 떠나간 지 만 하루도 지나기 전에 수상한 이들이 분타 주변을 서성이니 신경이 곤두설 수밖에 없었다.

 "아직도 그대로냐?"

 "예, 분타주."

 부분타주의 답에 유삼의 물음이 이어졌다.

 "정체는 여전히 오리무중이고?"

 "그게… 도사가 입은 도복의 양식이 무당의 것일 공산이 크긴 합니다만……."

 "무당의 도복이면 표식이 있을 게 아니더냐?"

 "그게… 푸른 소나무는 찾아볼 수 없었습니다."

"그럼 무당의 도인이 아닌 게지."

"어찌할까요?"

"동원할 수 있는 애들이 얼마나 되지?"

"스물 남짓입니다."

모든 걸 머릿수로 해결한다는 개방답게 여양 분타에 소속된 걸개의 수는 원래 이백이 넘는다.

하지만 그중 백팔십여 명이 태상방주의 수색에 동원되어 여양을 떠나 있었다.

"그걸로 가능할까?"

"그래도 남은 애들의 절반이 이결입니다. 해 보죠."

개방에서 이결이면 강호 분류상 삼류무사다. 그래도 개방 제자들의 대부분을 채우는 일결, 그러니까 천성적인 힘 하나 믿고 나대는 이들보단 훨씬 나은 이들이었다.

"좋아. 애들 모아!"

유삼의 명이 떨어지자 부분타주가 곧바로 뛰어나갔다.

잠시 후, 분타로 모여든 걸개를 이끌고 유삼은 곧바로 움직였다.

"저거, 뭐하는 거라냐?"

"글쎄요. 동전 줍는 걸까요?"

한 명은 바닥을 샅샅이 훑고, 나머지 세 명은 그 뒤를 졸졸 따라다닌다.

언뜻 봐서는 부분타주의 말처럼 바닥에 떨어진 동전을 찾기 위해 고군분투하는 모습 같기도 했다.

이랬거나 저랬거나 고수의 풍모는 보이지 않았다. 그것이 유삼의 자신감을 북돋웠다.

"일단 때려잡고 본다. 잡아라!"

"예!"

이십여 명의 걸개가 우렁차게 답하고 달려 나갔다. 이때까지만 해도 유삼은 저들을 잡아 무엇을 물어야 하는지가 가장 큰 걱정거리였다.

하지만 눈 두어 번 껌벅거릴 동안 모조리 뻗어 버린 수하들의 모습을 바라보며 유삼의 걱정거리는 백팔십도로 바뀌었다.

뭐라고 변명하느냐로…….

"그러니까 우리가 수상해 보여서 덮쳤다?"

"예, 나리… 아니 대협."

정신을 차린 분타원들과 함께 무릎을 꿇어앉은 유삼의 답에 벽사흔이 물었다.

"한데 분타주란 놈이 왜 이곳에 있어? 너도 걸개 찾는 데 동원됐어야 하는 거 아냐?"

"그게… 혹 돌아오실지도 모른다고 분타를 지키라는 명을 받아서요."

"그랬단 말이지."

"예, 대협."

"다른 정보는 없고?"

"아직 별다른 정보는 들어온 것이 없습니다."

심심하던 차에 잘 걸렸다 싶었던지 쓸데없이 이것저것 묻고 있던 벽사흔의 귀로 송찬의 음성이 들려왔다.

"찾았다."

순식간에 이동한 벽사흔과 현천검도가 송찬의 곁으로 다가섰다.

"어떤 건데."

"이거. 옅지만 분명 강력한 경공이 쓰인 흔적이야. 주변의 흔적을 종합하면 여기서 경공이 발휘된 것은 오륙 일 정도야."

"그럼 추적이 가능한 거냐?"

"그래."

"그럼 뭘 머뭇거려. 추적해야지."

"알았다."

두말없이 뛰기 시작하는 송찬을 따라 막 발을 떼려는 찰나, 팽렬이 부르는 소리가 들렸다.

"가주님."

"왜?"

"얘들은 어떻게 해요?"

"뭘 어떻게 해. 그냥 두면 알아서 하겠지."

"그래도 한둘은 데리고 가는 게 낫지 않을까요?"

"데려다 어디다가 쓰게?"

"그래도 개방이잖습니까? 연락 보낼 일이 생기면 유용하지 않을까요?"

듣고 보니 그도 그랬다.

"그럼 하나만 끌고 와."

그 말만 남겨 둔 벽사흔이 이미 저만치 뛰어가는 송찬과 현천검도의 뒤를 따라서 움직이자 팽렬이 유삼을 가리켰다.

"너 따라와."

"저, 저요?"

"그래. 뒤떨어지면 죽을 줄 알아!"

겁을 준 팽렬이 뛰자 유삼은 왜 끌려가는지도 모르고 미친 듯이 달려야 했다.

반항은 생각도 하지 않았다. 수하들을 순식간에 패대기친 개구락지로 만들어 놓은 장본인이 바로 팽렬이었던 까닭이었다.

† † †

송찬을 앞세우고 여양을 떠난 지 반나절. 해가 서산에 걸

쳐져 사위가 어둑어둑해지는 때 도착한 곳은 여양에서 사십 리(약 16km) 정도 떨어진 이천이었다.

"경공의 흔적은 이곳에서 끊어졌어. 그리고… 이건 싸움의 흔적인데……."

"싸움?"

"그래, 분명히 싸움이 있었어. 상대는… 혼자… 아니 다수야. 하지만 주된 싸움은 여기 이곳에 흔적을 남긴 한 명이야."

걸군은 천하가 다 아는 십대고수다. 그런 그와 일대일로 싸움을 벌였다면…….

심각한 표정이 된 현천검도의 시선이 송찬이 가리키는 바닥으로 향했다.

하지만 그의 눈엔 여기저기 조금씩 파헤쳐진 흙더미 외에는 아무것도 알아볼 수 없었다.

그건 벽사흔도 마찬가지였던지 그가 송찬에게 물었다.

"제대로 설명해 봐."

"주변에 어지러운 흔적으로 보아서 걸군은 여기서 생각지 못한 공격을 받았어. 물론 맞받아치긴 했는데, 습격자 중에 생각 이상의 고수가 있었던 모양이야. 걸군의 것으로 보이는 흔적이 곧바로 도주의 양상을 띠."

"그래서 도주했어?"

"일단은 성공한 것 같긴 한데… 추격이 붙었어. 그리고…

부상도 입은 듯하고."

말과 함께 집어 올린 흙은 검붉게 변한 것이었다.

"피… 인 거냐?"

"그래."

천하의 걸군이 도주를 했다는 것도 놀라운데 그 와중에 부상까지 입었다니 믿기 힘든 노릇이었다.

"추적은 가능하겠어?"

"피가 안내하겠지."

말을 끝냄과 동시에 다시 뛰기 시작하는 송찬을 일행들이 바짝 따랐다.

점점이 떨어진 핏방울은 처음엔 얼마 떨어지지 않은 소립 쪽으로 향하고 있었다.

하지만 무슨 방해를 받은 건지 곧바로 방향을 틀어 오히려 다시 남쪽으로 남겨져 있었다.

그것을 따라 이동하던 송찬이 발길을 멈춰 세웠다.

"왜?"

"흔적이 지워졌어."

"뭐?"

"흔적이 지워졌다고."

"지워졌다는 게 무슨 소리야?"

"추적자가 구출을 방해하기 위해 지웠을 수도 있고, 아니면 걸군이 추적자들을 따돌리기 위해 지웠을 수도 있어. 여하간 고의적으로 흔적을 지운 건 확실해."

송찬의 말에 벽사흔이 물었다.

"그러면 이젠 못 찾는 거야?"

"추적자가 지웠든 걸군이 직접 지웠든, 갑자기 흔적이 지워지는 경우는 한 가지뿐이야. 근처로 숨어들 때."

"그럼 걸군이 이 근처에 있다는 거냐?"

"그래. 그리고 걸군을 도주하게 만든 추적자도 이 근처에 있을 거야."

송찬의 말에 팽렬이 반사적으로 도병을 움켜쥐었고, 유삼은 그런 팽렬 뒤로 슬그머니 숨어 버렸다.

그런 둘을 일별하며 피식 웃은 벽사흔이 송찬에게 물었다.

"여하튼 둘 다 이 근처에 있다는 거지?"

"그래."

"그럼 찾아보면 되겠지. 여기서 다 같이 기다려."

벽사흔의 말에 사람들이 고개를 끄덕였다.

걸군이 쫓겨 다닐 정도의 능력을 가진 추적자가 근방에 있는 이상, 홀로 움직일 수 있는 건 벽사흔뿐이라는 걸 인정하는 까닭이었다.

그렇게 일행을 떨군 벽사흔이 사람이 숨을 만한 곳을 찾아 움직이기 시작했다.

추적엔 별다른 능력이 없지만 특정 지역의 수색이라면 이야기가 또 달라진다.

추적은 추적 대상이 남겨 놓은 흔적을 쫓는 일이지만 수색은 적이 숨을 만한 곳, 또는 적이 매복할 만한 곳을 찾는 일이다. 이 경우엔 생각만 뒤집으면 된다.

나라면 어디에 숨을지, 나라면 어디에 매복을 할지만 생각하면 되기 때문이다.

그리고 그렇게 움직인 수색은 언제나 성공적이었다. 사람 머리는 거기서 거리라는 말을 벽사흔이 실감하게 만드는 것이 바로 수색이었던 것이다.

수색에 나선 지 한 시진.

묘하게 누군가 자신을 앞서서 지나갔다는 느낌이 자꾸 들었다.

이런 경우는 한 가지뿐이다. 동일 지역을 수색 중인 또 다른 자가 있는 것이다.

지금의 경우라면 걸군을 추격하는 추적자일 확률이 높았다.

씨익-

생각과 함께 벽사흔의 입가로 의미심장한 미소가 깃들었다. 적의 수색대를 잡는 일만큼 신나는 일은 드물다. 그 짜릿한 손맛을 오랜만에 맛보게 생겼다는 설렘이 벽사흔의 입가에 미소를 짓게 만든 것이다.

거지를 찾다 • 215

움직임이 이전보다 신중해졌다.

덮치는 건 자신이 되어야지 덮침을 당하고 싶진 않았기 때문이다.

그렇게 반 시진이 흐르고 벽사흔은 조심스럽게 숲을 훑고 나아가는 그림자를 발견했다.

곧바로 덮치려던 벽사흔은 반쯤 일으켰던 몸을 다시 낮게 낮추었다.

움직임이 너무 눈에 익은 탓이다.

'이건……!'

군인의 움직임이다. 결단코 강호인이 낼 수 있는 움직임이 아니었다.

한 발을 내딛고 무릎과 함께 엉덩이가 움직이고 뒤에 둔 발을 거둬들인다.

그리고 그제야 무기를 당긴다. 이후 다시 한 발을 내딛고…….

몇 번을 살펴도 명확했다. 상대는 군인이다. 그것도 고도로 훈련된.

문제는 상대에게서 느껴지는 감각이다. 자신의 기억이 맞는다면 이건 분명 도왕과 비슷한 느낌이다. 그렇다면 상대의 경지는 현경이다.

그리고 또 하나의 문제, 상대에게서 풍겨 오는 느낌이 너무나 익숙하다는 것이었다. 특히 요사스럽게 빛나는 기다란 묵창이.

'설마……'

뭐가 어떻게 되었든 확인하기 전까진 아무것도 장담할 수 없다.

결정이 서자 벽사흔의 발이 조심스럽게 움직이기 시작했다. 일명 거미발이라 불리는 그의 특기가 발휘되는 순간이었다.

놈을 찾아 움직였다.

상처를 입은 데다 지치기까지 해서 멀리 가진 못했다. 급하게 흔적을 지운 모양이지만 일대를 포위한 이상 결코 빠져나가지 못한다.

생각을 정리하며 천천히 발을 내밀고 무릎을 따라 엉덩이를 옮겼다.

그리고 뒤에 둔 발을 당기는 순간이었다.

"여전히 잘하는구나, 너."

반쯤 당겨진 발을 둔 채 그대로 굳었다.

움직임, 생각도 할 수 없다. 뭘 어떻게 한 건진 몰라도 주변 십 장 이내가 모두 상대의 기세로 뒤덮였다. 경험상 이런 상태에서 움직이면 돌아오는 건 차라리 죽느니만 못한 무자비한 구타뿐이다.

'가만, 경험상!'

"자, 장군?"

설마 하는 심정으로 부른 호칭이 끝나기 무섭게 눈앞으로 꿈에 볼까 무서운 얼굴이 들이밀어졌다.

"네놈일 줄 알았다."

벌떡!

상대를 확인하자마자 황급히 일어나 군례를 올렸다.

"충!"

"너 퇴역했냐?"

"예, 예! 장군."

"언제?"

"장군이 퇴역한 후 곧바로 했습니다."

"그럼 퇴역하고 새로 얻은 직업이 자객이야?"

"아, 아닙니다."

"아니야?"

"예, 아닙니다."

"근데 왜 복면은 뒤집어쓰고 지랄이냐?"

그제야 자신이 야행복에 복면을 쓰고 있다는 걸 인식하곤 황급히 복면을 벗었다.

"죄, 죄송합니다, 장군!"

"죄송하면 불어."

"예?"

"걸군, 어디 있는지 불라고."

벽사흔의 물음에 울상이 되어 버리는 전 훈련대장, 아니 강호에선 창존이라 불리는 묵린이었다.

제49장
오해가 생기다

퍽-

"윽-!"

"개기지?"

"아, 아닙니다."

"아냐, 넌 지금 개기는 중이야."

"절대로 아닙니다."

"확실해?"

"예, 확실합니다."

"좋아, 그럼 어디 있어? 걸군."

"그, 그건 모, 모릅……."

퍽-

냅다 걷어차이는 정강이에서 치닫는 고통으로 말문이 막히고 억눌린 신음이 터져 나왔다.

"윽―!"

"이런데도 개기는 게 아니다?"

"저, 정말 모릅니다. 믿어 주십시오, 장군."

"야, 묵린이."

"예, 장군."

"네가 목표가 어디 있는지도 모르면서 쫓아다닐 놈이냐?"

"그건… 아니지만요. 이번엔 아직 못 찾아서요."

"어쭈, 퇴역했다더니 사제 물 많이 드셨나 봐요. 막 요 자가 술술 나오는 거 보면 말이에요."

"시, 시정하겠습니다."

"그래, 시정은 많이 해야겠다. 대신 일단 불고 나중에 시정하자. 자, 불어. 걸군, 어딨어?"

"저, 정말 모… 자, 잠깐만요."

"요~ 오? 에라이."

퍽―

"윽―!"

"정말 안 불어?"

"정말 모릅니다, 장군."

"진짜야?"

"진짭니다."

"나중에 알고 숨긴 게 드러나면?"
"제 목 따십시오, 장군."
"확실해?"
"확실합니다."
눈을 쏘아보았지만 흔들리지 않는다. 거짓은 아니란 뜻이었다.
"그럼 하나만 묻자."
"하문하십시오, 장군."
"내가 아는 넌 절대로 관부의 일이 아니면 나설 놈이 아니다. 이번 일도 그렇게 믿으면 되는 거냐?"
"답… 못하는 거 아시지 않습니까? 장군."
긍정이다. 아니면 아니라고 답하면 그만인 법이니까.
"명령이 내려온 곳, 어디야?"
"한… 가지만 물어보신다고 하셨는데요."
퍽-
"억-!"
"사, 사실이지 않습니까?"
"누가 뭐래?"
"그런데 왜……?"
"요 자 붙었잖아."
맥 빠지는 묵린이었다. 얼얼한 정강이를 쓰다듬던 그가 조심스럽게 입을 열었다.

오해가 생기다 • 225

"저기… 한 가지 여쭈어도 되겠습니까?"
"뭔데?"
"장군께서 왜 강호 일에……?"
강호라면 강호의 ㄱ 자만 나와도 치를 떨던 사람이 벽사흔이었다는 걸 알기 때문이다.
"그냥, 걸군이란 놈에게 물을 게 있어서."
"그게 무엇인지 여쭈어도 되겠습니까?"
"너도 한 가지만 물어본다고 했다."
"예? 아! 그, 그렇군요."
"쓰읍."
"시, 시정하겠습니다."
또다시 정강이로 발길질이 날아올까 싶어 다리에 바짝 힘을 주는 묵린에게 벽사흔이 말했다.
"봐주는 대신 내 말 하나만 전해라."
"누, 누구에게……."
"네 윗대가리."
"마, 말씀하십시오."
"걸군은 내 볼일이 끝날 때까지 그냥 둔다. 이 말을 무시하면… 나랑 면담을 해야 할 거야. 물론 분위기는 그다지 좋지 않을 것이고."
"그, 그대로 전하겠습니다."
"좋아. 다음에 또 보지 말자."

"예, 옙! 장군."

큰 소리로 답한 묵린이 그의 성명무기인 묵창을 들고 순식간에 사라졌다.

† † †

묵린이 떠나자 벽사흔은 일행까지 불러 조금은 편안하게 수색을 이어 나갔다. 추적자를 신경 쓸 필요가 없어졌기 때문이다.

그럼에도 걸군은 쉽사리 찾아지지 않았다.

해가 지고 어둠이 완전히 사위를 뒤덮은 이후에도 쉬지 않고 움직인 덕에 벽사흔과 일행은 해시(亥時:오후 9시~11시) 말경에야 간신히 정신을 잃고 쓰러져 있는 걸군을 찾아낼 수 있었다.

급히 인근 의원으로 옮겨 치료를 받게 했지만 상태는 그리 좋지 않았다.

"마음의 준비를 해 두시구려."

의원의 말에 송찬은 아득해진 표정으로 그 자리에 주저앉았다.

그런 상황에서 유삼의 연락을 받은 개방의 인물들이 속속 의원으로 도착하고 있었다.

총타에서 긴급히 이송된 영약을 먹이고 주변에서 실력 있다고 소문난 의원들의 치료에도 불구하고, 걸군은 벽사흔 일행에게 구출된 지 칠 일 만에 숨을 거뒀다.

들인 노력에 비해 너무 허무한 결과였지만 이후에 벌어진 일에 비하면 그건 아무것도 아니었다.

"뭐해?"

"그게… 심문을……."

태을검현은 뒷말을 맺지 못했다.

벽사흔의 눈빛이 아무래도 한 대 칠 요량으로 보였기 때문이다.

"어떤 새끼 입에서 나온 말이야?"

"그, 그게……."

맨 처음 말을 꺼낸 사람은 일수독작이었지만, 그걸 받아들인 사람은 이번 무림지회의 주재자인 매화검작이었다.

손님으로 청해 놓고 기껏 범죄자 취급을 하게 생겼으니 태을검현이 선뜻 말할 수 없었던 것이다.

"그래, 어디 뭐라고 떠드는지 한번 들어나 보지."

벌떡 일어나 나서는 벽사흔의 전신에서 찬바람이 쌩쌩 일었다.

회의장으로 들어서는 벽사흔을 바라보는 도왕과 창천검작은 시선을 어디다 두어야 할지 몰라 어쩔 줄 몰라 했다.

그 둘은 벽사흔을 심문하겠다는 것을 결사적으로 반대했

지만, 참가자 일곱 명 중 나머지 다섯이 찬성을 하고 나선 까닭에 저지할 수 없었던 것이다.

벽사흔이 둘러본 회의장은 단출했다.

무림지회에 참석한 십대고수 일곱 명 과 자신, 그리고 안내해 온 태을검현뿐이었기 때문이다.

"이리로 앉으시지요."

태을검현의 권유로 십대고수가 죽 늘어앉은 탁자 맞은편에 마련된 의자에 벽사흔이 앉자, 매화검작의 음성이 흘러나왔다.

"이 자리는 이번 혈사에 관한 진실을 규명하고자 열린 자리이니만큼 숨기거나 축소하는 일이 있어서는 아니 될 것이오. 또한 심문 과정에서 그런 점이 발견되면 결코 무사치 못할 것이라는 점을 분명히 해 두는 바이오."

매화검작의 말에 벽사흔의 입가에 비틀린 미소가 깃들자, 그걸 바라보는 도왕과 매화검작은 불안한 얼굴이었다. 하지만 다른 이들은 그다지 신경 쓰지 않는지 저마다 물어야 할 내용들을 정리한 서류를 보고 있었다.

"그럼 제가 먼저 질문 심문을 시작하겠습니다."

자신의 말에 다른 이들이 고개를 끄덕여 동의하자 매화검작이 질문을 던졌다.

"진마벽가의 가주가 맞소?"

"맞아."

"저, 저런. 말버릇 하고는!"

화를 낸 것은 일수독작뿐이었지만 다른 이들의 표정도 과히 좋지 않았다.

"어투를 조심하는 것이 서로를 위해 좋을 거라 생각하오."

"그건 내가 알아서 하지."

"저, 저……."

사람들이 불쾌한 표정으로 웅성거렸지만 벽사흔은 별다른 표정의 변화가 없었다.

"개방의 여양 분타주가 제출한 보고서에 의하면, 그대와 몇몇 수하들이 갑자기 여양 분타에 모습을 드러내 주변을 탐문하였다는데 사실이오?"

"그건 맞아."

순순한 인정에 힘을 받은 것인지 매화검작의 질문이 이어졌다.

"그것을 이상히 여긴 여양 분타가 그대와 수하들을 제압하려는 과정에서 무력을 행사해 개방의 걸개들에게 부상을 입혔다는데 사실인가?"

"대충은."

탕탕탕.

"심문인은 성실하게 답하시오!"

손바닥으로 탁자를 두드리며 호통을 친 것은 처음부터 벽사흔이 범인일 가능성이 높다고 주장했던 일수독작이었다.

"개방 여양 분타의 걸개들에게 부상을 입히고, 분타주인 유삼을 납치, 길잡이로 삼아 걸개를 찾게 했다는데 사실이오?"

"그놈이 뭘 알아서 길잡이를 시켜. 나중에 연락할 일이 있으면 써먹으려고 데려갔을 뿐이야."

"어허, 심문인은 거짓을 말하지 마시오! 이곳에 버젓이 여양 분타주인 유삼의 보고서가 있거늘!"

"그놈이 뭐라고 썼는지 모르지만, 죄다 헛소리야."

"아미타불. 벽 시주는 말씀을 가려 해 주십시오. 지금 다루는 일은 상당히 중요한 일입니다."

보고만 있던 권군이 안 되겠는지 한마디를 더했지만 벽사흔은 콧방귀도 뀌지 않았다. 그 모습에 진행 상황을 확인하는 것은 무의미하다고 생각했던지 매화검작은 좀 더 핵심 사안으로 들어갔다.

"추적자의 존재가 그대가 사라진 이후 갑자기 없어졌다고 기술되어 있는데, 이건 어찌 해명할 생각이시오?"

"그걸 내가 어찌 알아."

"그대가 흉수이기 때문이 아니오?"

"멍청한 거야, 아니면 알면서 뒤집어씌우자는 거야? 내가 화산을 나선 건 이미 걸군이 실종된 후야. 그런데 내가 어찌 흉수가 되나?"

벽사흔의 반문에 몇몇 사람의 시선에 이채가 스쳐 지나갔다.

"하면 수하들을 시킨 것은 아니었나?"

슬쩍 끼어드는 이는 일수독작이었다. 그런 그를 보며 피식 웃은 벽사흔이 답했다.

"그게 사실이면 나쁘지 않겠지. 십대고수를 죽음으로 몰아붙일 정도의 수하를 두었다는 소릴 테니까."

그제야 자신의 말에 든 함정을 발견한 일수독작이 입을 다물자, 이번엔 권군이 나섰다.

"아미타불. 이 자리가 벽 시주에게 기분 좋은 자리가 아님은 알고 있습니다. 하나 진실을 규명해야 하는 우리의 고충도 이해해 주셨으면 하오이다."

"이해해. 물론 결과는 그리 만족스럽지 못하겠지만."

"설마 결과를 이미 내놓고 말하고 있다는 것입니까?"

"결과가 나와 있냐고? 그럼 안 나와 있을 것 같아?"

"하면 시주가 말하는 결과가 무조건적인 부정입니까?"

"그럴 리가. 난 아주 긍정적인 사람이야. 하니 그건 걱정하지 마."

"흠… 긍정적이라니 묻겠습니다. 왜 죽이셨습니까?"

"이봐, 땡중, 너 바보야? 결군은 치료를 받다 의원에서 죽었어. 내가 죽인 게 아니라."

"왜 그렇게 만들었냐고 묻는 것입니다."

권군의 물음에 잠시 그를 바라보다 벽사흔이 물었다.

"내 하나만 묻지."

"말씀하십시오."

"내가 걸군을 죽였다고 의심받기 위해서는 그를 죽일 수 있는 능력이 있어야 하는 게 전제 조건이겠지?"

"그야 당연하지요."

"그 말은 적어도 내가 걸군과 동급, 또는 그 이상의 능력을 가졌다고 생각한다는 소리로군. 맞나?"

벽사흔의 물음에 권군을 비롯한 십대고수들이 잠시 술렁거렸다.

"몇몇은 그리 생각합니다."

권군의 말에 벽사흔의 눈길을 받은 도왕과 창천검작은 고개를 저었다.

자신들이 아니라는 소리다. 거기다 강이정과 곽련의 입도 막아 놓았으니 검존도 아닐 테고, 그러면 가능성은 한 명뿐이다.

그렇게 벽사흔의 시선을 받은 매화검작이 순순히 시인했다.

"태을검현의 말로 미루어 그럴 것이라 생각하는 중이오."

"흠… 그런데도 이런 대접이라 이거로군. 좋아, 무슨 생각인지 지켜보지."

벽사흔의 말에 몇몇 사람의 안색이 변했다. 여기서 범인으로 밝혀내서 제압하지 못하면 이후 이번 일을 문제 삼을 것을 암시하는 말이었기 때문이다.

"위협이시오?"

매화검작의 물음에 벽사흔이 미소를 지은 채 고개를 저었다.

"아니, 난 위협 따윈 안 해. 협박은 몰라도."

"허험."

"험험."

여기저기서 헛기침이 나왔지만 그뿐이다.

당장 일곱 명의 십대고수가 모여 있는 까닭인지, 아니면 자신들의 실력에 자신이 있는 건지 겁을 내는 사람은 아무도 없었다.

"도왕께 듣기로, 세간에 퍼진 소문과 달리 진마벽가는 팽가의 예속 문파가 아니라고 들었소. 맞소이까?"

"당연한 소리."

"하면 묻겠소? 수하들을 풀어 기천약작을 죽이고, 걸군을 위험으로 몰다, 나중엔 직접 찾아가 마무리를 지은 것이오? 아니면 기천약작은 다른 방수의 짓이고, 걸군의 일만 그대의 짓이오?"

매화검작의 질문을 받은 벽사흔을 향한 이들의 시선은 상당히 날카로웠다.

그 말은 이들이 자신을 진짜 범인으로 생각한다는 의미였다.

그것은 자신들의 책임 회피, 또는 체면치레를 위해 엄한 사람일지라도 추궁해 보자는 짓일 거라는 벽사흔의 예상을 완전히 벗어난 것이었다.

"장난이 아니로군."

"장난을 칠 사안이 아니라는 것쯤은 그대도 알고 있을 것이라 믿소."

"그래서 내가 흉수다?"

"최근 새로 등장한 고수들 중에 이번 혈사를 일으킬 수 있는 가능성이 있는 이는 그대뿐이오."

한마디로 새로 등장한 이들 중에 너만 한 고수가 없다는 말이다.

다른 상황에서 들었다면 제법 기분 좋았을 말이었지만 이런 상황에서 듣자니 지독히 기분이 나쁜 소리였다.

"장난이 아니라니 오해를 방지하기 위해서라도 말하지. 난 그들의 죽음과 상관없어."

"그 말만으로는 의심을 벗어날 수 없소."

"그럼 다른 사람들에게 물어보는 건 어때? 내가 혼자 움직인 게 아니라는 것은 알 테니까 말이야."

"그렇지 않아도 다른 이들도 지금 동시에 조사를 받고 있소."

그 말은 자신만이 아니라 송찬과 팽렬, 벽라도 조사를 받고 있다는 소리였다.

솔직히 현천검도는 걱정하지 않는다. 그 실력도 실력이지만, 그는 무당의 고수다.

당금 무림에서 무당의 고수를 건드릴 만큼 배포 큰 이는 없을 터였으니까 말이다.

"지금 벽가의 가주를 심문하는 것도 모자라 벽가의 수뇌들을 조사한단 소린가? 그대들이? 무슨 권리로?"

벽사흔의 음성이 변했다. 낮고 차가웠다. 앞에 앉아 있는 일곱 명의 초인들이 모조리 위협을 느낄 정도로.

"그것은 무림지회의 권한으로 결정한 사안이오. 무림지회의 결정에 불복할 순 없소."

"누가 그래. 불복할 수 없다고?"

그 말과 함께 천천히 자리에서 일어서는 벽사흔의 전신에서 무서운 기세가 일어났다.

"꿀꺽—"

도왕의 목을 타고 마른침이 넘어가는 소리가 크게 울렸다.

지금 이 기세… 맨 처음 벽사흔을 만났을 때 맞닥뜨렸던 바로 그 기세였던 까닭이다.

기다리면 늦는다는 느낌이 폭풍처럼 몰아닥쳤다.

"놈! 감히!"

다른 이들이 놀라서 머뭇거리는 사이 가장 먼저 반응한 이는 검존이었다.

역시 도왕을 제외하곤 이들 중 가장 뛰어난 실력을 지닌 고수답게 그의 행동은 막힘이 없었다.

탁자를 가뿐히 뛰어넘어 쏘아 오는 그의 손엔 검강이 한 자(30㎝) 넘게 치솟은 애검이 들려 있었다.

천참!

하늘도 벤다는 검존의 절기가 공간을 통째로 가르며 벽사흔에게 쏟아져 내렸다.

부악- 쾅!

보면서도 믿기지 않는 장면이 펼쳐졌다. 검도 아니고 육장에 검강이 갈라졌다. 그리고 그렇게 파고든 육장이 검존을 그대로 날려 버렸다.

우당탕탕-

탁자와 의자를 부수며 날아간 검존이 회의장 벽에 부딪치며 널브러졌다.

어디를 어떻게 맞은 것인지 천하의 검존이 그 한 방에 정신을 잃었다.

뒤늦게 움직인 매화검작과 일수독작은 날아드는 중간에 맞닥트린 벽사흔의 손길을 피할 수 없었다.

퍼벅-

짧은 격타음 끝에 매화검작과 일수독작이 바닥에 길게 누웠다. 역시 의식은 없다.

착잡한 표정의 도왕과 창천검작이 뒤집어엎어진 탁자 뒤에 서 있었고, 경악한 표정이 역력한 권군이 화등잔만 해진 눈으로 벽사흔을 바라보고 있었다.

"왜?"

단지 그 물음뿐이었지만, 뜻은 어렵지 않게 통했다.

"그, 그저 빈승까지 나설 필요가 없을 듯하여……."

권군의 말은 이어지지 못했다. 상대의 능력을 알아차리고 멈춘 것이 아니라 경시해서 멈춘 것이었기 때문이다.

당황과 참담함에 얼굴이 시뻘겋게 변한 권군에게서 시선을 돌린 벽사흔이 뒤에서 어쩔 줄 몰라 하는 태을검현을 돌아봤다.

"가 봐, 뺨 몇 대 갈기면 일어날 거다."

벽사흔의 말이 떨어지기 무섭게 태을검현이 매화검작에게 달려갔다.

그 모습을 물끄러미 바라보던 벽사흔이 권군을 직시했다.

"오늘의 일은 무덤까지 가져간다."

"아, 알겠습니다, 시주."

회의장을 온통 엉망으로 만들어 놓은 벽사흔이 조용히 회의장을 나가 버렸다.

† † †

벽사흔은 회의장에서 나와 곧바로 수하들을 찾았다. 다행히 완력은 사용되지 않았는지 모두 무사했지만 기분은 여전히 좋지 않았다.

특히 자신의 능력을 아는 도왕과 창천검작이 있음에도 이런 일이 벌어졌다는 것이 마음을 불편하게 만들었다.

진마벽가를 일으켜 세우기로 마음먹으며 애써 눌러 놓았던 무림에 대한 환멸이 다시금 고개를 들고 있었다.

그 탓에 벽사흔은 화산에 더 머물고 싶지 않았다. 짐을 대충 꾸린 수하들을 데리고 그는 곧바로 화산을 떠났다.

무당에서 따라붙었던 현천검도조차 따라나서지 못할 정도로 빠른 움직임이었다.

그렇게 멀어져 가는 벽사흔과 그 일행의 뒷모습을 도왕과 창천검작이 답답한 표정으로 바라보고 있었다.

화산에서 계림으로 돌아가는 여정은 불편하고 갑갑했다.

평소와 달리 입도 벙긋 않는 벽사흔으로 인해 장난기 많은 팽렬은 조용했고, 아직 밝혀야 할 것들이 남아 있는 송찬도 두말없이 뒤를 따랐다. 벽사흔을 신처럼 따르는 벽라는 말할 필요도 없었다.

그렇게 남하하던 일행이 세 번째 노숙을 하게 된 곳은 귀주의 강구였다.

번잡한 호광보다 사람의 통행이 적은 귀주를 택한 것은 오로지 벽사흔의 선택이었다.

그 탓에 여정 전체를 노숙으로 감당해야 했던 일행은 며칠째 제대로 씻지도 먹지도 못하고 있었다.

한쪽 나무에 기대앉아 눈을 감고 있는 벽사흔의 눈치를 보며 팽렬과 벽라가 모닥불을 지피고 잡아 온 토끼를 굽자 고소한 냄새가 풍겨 나왔다.

 그런 가운데 해가 지고 어둠이 내리자 사위로 나무가 타며 내는 타닥거리는 소리와, 토끼가 익어 가며 내는 지글거리는 소리가 묘하게 포근한 정취를 자아냈다.

"화산에서 무슨 일 있었던 거냐?"

 벽사흔의 곁에 앉은 송찬의 물음에 벽사흔은 고개를 저었다.

"아니다."

"홀로 삼킨다고 능사는 아니다."

"알아. 하지만 정말 별일 아니다. 그저 내 안에 쌓아 놓았던 환멸이 작은 자극에 다시 튀어나왔을 뿐이다."

"무엇에 대한 환멸인지 물어도 되겠냐?"

"이 세상에 대한 거."

"뭐?"

"이 세상 말이다. 강호라는 이 더러운 세상."

 벽사흔의 말에 잠시 침묵을 지키던 송찬이 입을 열었다.

"난 여덟 살이 되던 해 내 부모의 손에 이끌려 노예 상인에게 팔렸다."

 송찬의 말에 벽사흔이 이채 어린 시선으로 그를 바라보았다.

"이 말을 하면 사람들은 내 부모를 욕하더라만, 난 그럴 수 없었다."

"왜?"

"내가 팔리기 이틀 전에 내 동생이 죽었다. 나보다 두 살 어렸었는데 이레를 물만 먹였더니 설사만 하다 죽더라. 흉년이었다. 오 년간 비 한 방울 내리지 않는 지독한 흉년이었지. 어찌나 메말랐던지 들판엔 풀 한 포기 제대로 난 게 없었다. 나무들은 하도 껍질을 벗겨 내서 하얗게 말라 죽었다. 먹을 거라곤 물뿐이 없었다."

송찬의 말에 벽사흔은 작은 추임새 같은 물음도 던지지 못했다. 그런 벽사흔의 침묵 위로 송찬의 말이 이어졌다.

"동생이 죽은 다음 날 아버진 날 업고, 어머니 손을 잡고서 하루를 꼬박 걸어 도시로 나가셨다. 그리고 노예상에게 반나절을 빌어 날 팔았다. 얼마에 팔았냐고? 헐벗은 어머니의 품을 내주는 대가로 날 파셨다."

벽사흔의 눈이 흔들렸다. 자식을 파는데 돈을 받는 것이 아니라 오히려 어미가 몸을 팔아야 했다는 것이 언뜻 이해가 되지 않았던 것이다.

하지만 곧바로 이어진 송찬의 말이 그 의혹을 걷어 냈다.

"하루에 한 끼만 먹여 줘도 노예가 되겠다는 사람들이 매일같이 노예상 앞에 장사진을 이뤘다. 그런 상황에서 비쩍 곯은 여덟 살 사내아이는 그저 밥만 축내는 짐이었겠지. 아버진 자신의 아내를 범한 사내에게 굽실거리며 노예로 넘긴 아이를 굶어 죽지 않게만 해 달라고 애원했다. 그렇게 내가 노예가 되었지."

송찬의 이야기에 마땅히 대꾸해 줄 만한 말을 벽사흔은 여전히 찾지 못하고 있었다. 그런 벽사흔을 바라보며 피식 웃은 송찬이 말을 이었다.

"그렇게 노예가 되었지만 여전히 밥은 먹지 못했다. 물만 주는 건 집이나 노예상이나 마찬가지였던 거지. 아버진 몰랐겠지만……. 그래도 아예 효과가 없던 건 아니었어. 운 좋게도 열 살 미만의 아이들만 사 가는 사람을 만날 수 있었으니까. 물론 그 속에서 살아남는 건 또 다른 문제였지만……. 여하간 난 그렇게 자객교와 연을 맺었다. 자객이 되는 과정이야 뻔한 이야기니 건너뛰고, 내가 제일 처음 끊어 놓은 사람의 목숨이 누구였는지 알아?"

"……."

아무 말 없이 고개를 젓는 벽사흔에게 송찬은 이야기와는 전혀 어울리지 않는 밝은 미소로 말했다.

"날 샀던 노예 상인. 아니, 내 아버지의 눈앞에서 어머니를 품었던 그 짐승만도 못한 새끼였다. 그날 난 생각했지. 자객이란 참 좋은 거구나 하고 말이야. 그래서 열심히 살았다. 죽이라면 죽였고, 주는 돈은 악착같이 벌었다. 내 아버지, 내 어머니처럼 살지 않으려고 말이다. 그러는 와중에 착한 여자 만나서 성혼도 했다."

 생각지 못한 말에 벽사흔은 물론이고, 저만치에서 조용히 듣고 있던 팽렬과 벽라의 눈이 화등잔만 해졌다.

"놀란 모양이지? 하긴 나도 놀랐었으니까? 내가 성혼도 할 수 있다는 걸 나도 그때 알았지. 별원에 차린 신혼은 어머니의 가슴처럼 포근했고, 꿀처럼 달콤했다. 성혼한 지 세 달 만에 임무를 받기 위해 자객교로 들어갈 때까지는 말이다. 그리고 그날, 자객교가 무너졌다. 다 죽었지. 백여 명이 넘는 자객들이 몰살당했어. 오 년, 아니 이제 육 년이 지났나? 그때도 강호십대고수들은 무서웠다. 감히 검 한 번 못 마주치고 죽어라 도망쳤다."

"네 아낸?"

 벽사흔의 물음에 송찬이 슬프게 웃었다.

"도망쳐야 한다는 것 외엔 아무것도 생각나지 않았다. 당시엔……. 그렇게 도주만 나흘을 했다. 땅속을 파고 들어가 숨어서 보름을 버텼지. 혹시라도 찾으러 올까 봐서, 살고 싶어서 말이다. 한 달이 지나서야 숨어 있던 산에서 내려왔다. 그리고 별원으로 달려갔지. 반쯤 썩은 시체 몇 구 외엔 남아 있는 게 아무것도 없었다. 내 아버지보다 더 무지하고, 내 어머니보다 더 미련했던 거야. 나는… 그냥 그곳으로 가지만 않으면 놈들이 모를 거라고… 아내는 안전할 거라고 믿었던 거다. 그곳도 처음부터 목표가 되었을 것이란 생각은

오해가 생기다 • 243

전혀 하지 못한 거지, 이 미련한 놈은……."

말을 하는 송찬의 손은 부들부들 떨렸다. 한참 동안 계속되던 경련은 일각이 지나서야 겨우 멈춰졌다. 그제야 송찬이 다시 말을 잇기 시작했다.

"세상은 다 그래. 강호의 세상도, 강호가 아닌 세상도. 사연 없는 무덤 없다는 말처럼 어떤 세상을 살든, 살아가는 모두는 사연이 있지. 그리고 그 세상에 환멸을 가지고 있고. 다만 무엇을 위해 사는 건가가 중요하겠지. 난 내 아내를 찾기 위해 살아. 넌 뭘 위해 살지?"

송찬의 물음에 벽사흔이 천천히 답했다.

"세가를 일으키기 위해서."

"그래, 그러면 그것만 보는 거야. 다른 건 잊어버려. 아직은 다른 것에 눈을 돌릴 만큼 우린 이룬 게 없으니까."

송찬의 말이 벽사흔의 가슴을 파고들었다.

"그래, 지금은… 할 것만 보자."

벽사흔의 말에 송찬이 희미한 미소로 고개를 끄덕였다.

† † †

화산을 다녀온다며 나갔던 일행이 벽가로 돌아왔다.

팽렬은 이전처럼 짓궂었고, 벽라는 여전히 과묵했으며, 송찬은 떠나기 전처럼 동네 참견 다 하고 다녔다. 그리고 벽사흔은 예전과 다름없이 그런 송찬을 타박하는 재미로 하루하루를 보냈다.

 하지만 벽가의 사람들은 느끼고 있었다. 무언가 알 수 없지만 여행에서 돌아온 이들이 확실히 이전보다 단단해졌다는 것을.

 진마벽가로부터 돌려받은 계림 지부를 유충은 남 대륙 상회의 총회로 만들었다. 그러면서 자신이 그 회주 자리에 올랐다.

 애초 계획대로라면 광서 지단이 옮겨 와야 했지만, 다른 지부들의 원활한 관리를 위해서는 광서 지단을 옮기지 않는 것이 좋겠다는 광서 지단주의 의견을 수용한 결과였다.

 여하튼 광서에서의 보호 의무를 진 진마벽가가 자리한 계림으로 오면서 유충의 안전은 이전에 비해 훨씬 단단해졌다.

 하지만 그뿐이다. 다른 건 아무것도 바뀐 게 없었다. 여전히 남 대륙 상회가 보유한 부동산은 매매도 되지 않았고, 그것을 담보로 돈을 융통하지도 못했다.

그런 답답한 상황에서 유총은 뜻밖의 소문을 들어야 했다.

"회주, 회주!"

다급한 모습으로 들어서는 연직의 모습에 유총이 의아한 음성으로 물었다.

"왜요? 무슨 일이라도 일어났습니까, 외숙?"

"소문 들었는가?"

"무슨 소문 말입니까?"

"강호십대고수가 바뀌었다네."

유총이 남 대륙 상회의 회주가 되자 그를 대하는 연직의 말투도 바뀌었다. 아무리 외숙이라도 가려야 할 것이 있다고 생각한 까닭이었다.

"십대고수가 바뀌어요?"

"그렇다네."

"아니, 어떻게요?"

"아미의 기천약작과 개방의 걸군이 빠지고, 그 자리에 무당의 현천검작(玄天劍爵)으로 이름을 바꾼 현천검도와 무명군이 올라섰다네."

"무명군은 누굽니까?"

"모두 비밀에 싸인 잔데, 그자가 기천약작과 걸군을 죽였다는 소문도 있고, 다른 건 아무것도 밝혀진 게 없는 신비인인 셈이지."

이미 기천약작과 걸군의 죽음은 소문이 퍼진 뒤였기에 그 놀람은 그다지 크지 않았다.

"알고 있긴 해야 하는 소식입니다만, 우리에게 영향을 줄 소식은 아니로군요."

"그게 그렇지가 않을 듯싶으니 내가 이리 황급히 달려온 게 아닌가."

"무슨 말씀이세요? 그게 우리에게 관련이 있단 말씀이세요?"

"강호에 조심스럽게 삼황이란 말이 돌고 있네."

"삼황이라니요?"

"무극검황과 멸겁도황 말고 '황' 자를 쓸 수 있을 만큼 뛰어난 고수가 나왔다는 걸세."

"누굽니까? 그게."

"아직 확실하진 않네만… 진마벽가의 벽 가주란 소문이 돌고 있네."

"예, 예~ 에!"

유총이 놀라는 것도 무리가 아니다. 그를 죽이자고 손을 쓴 게 한두 번이 아니기 때문이다.

"저, 정말입니까?"

"이미 말했지만, 확실하진 않아. 다만 조용히 그런 소문이 돌고 있단 말일세. 우린 그걸 이용할 계획을 세워 봐야 한다 그 말일세."

 연직은 그 이름을 이용할 생각으로 꽉 찬 듯했지만, 유총은 그것이 사실인지 여부부터 확인해야 했다.

 "여루, 여루!"

 유총의 부름에 여루가 모습을 드러냈다.

 "예, 회주님."

 "삼황의 이야기를 확인해 봐."

 "삼황이라뇨?"

 "외숙이 들었는데, 진마벽가의 벽 가주가 삼황으로 거론된단다. 사실인지 확인해 봐."

 파랗게 질린 얼굴로 말하는 유총의 의도가 어디에 있는지 여루는 금방 알 수 있었다.

 "아, 알겠습니다."

 황급히 나가는 여루의 뒷모습을 바라보는 유총의 시선은 불안하게 흔들리고 있었다.

 여루가 돌아온 것은 그날 밤이었다.

 "회주님."

 "아! 여루. 어찌 되었더냐?"

 "소문은 분명 그리 돌고 있습니다. 하지만 그 소문이 너무 흐립니다."

 "흐리다니?"

"선명하지 않단 소립니다. 이런 경우 헛소문으로 그치는 일이 잦습니다."
"헛소문?"
"예. 소문의 진원지도 불분명하고, 그렇게 인정되게 된 사유도 전혀 언급이 없습니다."
"헛소문일 가능성이 높다는 건 그래서인 거야?"
"예."
"그러면 다행이지만……."

자신들을 보호해 주는 문파의 가주가 드높은 이름을 얻는 것을 걱정해야 하는 상황이 어이없었지만, 저지른 일이 있으니 어쩔 수 없는 일이었다.

"그나저나 이참에 아예 매듭을 지으시면 어떻겠습니까?"
"매듭을 짓다니, 뭘?"
"소원소에 청원을 취소하는 겁니다."
"취소도 되는 건가?"
"그건… 잘 모르겠습니다만, 아직 소원도 이루어지지 않았으니 취소도 가능하지 않겠습니까?"
"괜히 긁어서 부스럼 만드는 건 아니고?"
"제가 아는 한 소원소에 청원한 것이 실패했다는 소린 들어 본 적이 없습니다."
"그럼……."
"제거를 시도하게 될 겁니다. 한데, 만에 하나 소문이 사실이라면……."

최악의 상황이 도래할 것이다. 소원소를 운영하는 곳은 피박살이 나고, 의뢰한 자신들은 목이 날아가는 것이다.

"아, 안 돼. 그건 절대로 안 돼."

"맞습니다. 안 되는 일이지요. 하니 취소를 해야 합니다."

"하지만 헛소문일 가능성이 높다면서?"

"그래도 최소해야 합니다. 지금 우리가 기대고 있는 것도 역시 벽가가 아닙니까? 이런 상황에서 만에 하나 살행이 성공이라도 한다면……."

그것도 역시 아니 될 말이다. 가뜩이나 기댈 곳 없는 유총인데, 보호 문파의 가주마저 잘못되면 순식간에 산산이 찢겨 나갈 것이다.

"그래, 네 말이 맞다. 취소, 취소해야겠다."

"하면 제가 다녀오겠습니다."

"눈에 띄지 않게."

"걱정하지 마십시오, 회주님."

고개를 숙여 보인 여루가 다시 총회를 나서는 것을 유총이 이번에도 불안한 시선으로 바라보았다.

† † †

소문이 달리 풍문이라고 불리는 것은, 바람 부는 곳이면 어디라도 퍼져 간다는 뜻에서 붙여진 이름이다.

그 이름답게 삼황의 소문은 진마벽가에도 조용히 스며들고 있었다.

"삼황?"

"그래. 네 실체를 알게 된 이들의 입에서 퍼진 건지… 아니면 그냥 우연히 퍼진 헛소문인진 모르겠지만, 지금 삼황에 대한 소문으로 강호가 떠들썩해. 오죽하면 새로운 십대고수의 이야기가 그다지 주목을 받지 못할 지경이야."

"분명 경고를 했었는데."

"경고했다고 다 먹혀들면 이 세상에 분란이 왜 있겠냐?"

"그래도… 떠벌리려면 자신들의 패배를 먼저 이야기해야 하기 때문에 입을 열 만한 놈은 없을 텐데."

"도왕이나 창천검작은?"

"그럴 만한 사람들은 아니고. 어쩌면… 마교 쪽일 수도 있겠다."

"마교? 마교가 그래서 얻는 게 뭐라고?"

"백도와 내 사이가 멀어지겠지."

벽사흔의 말을 듣자 고개가 끄덕여졌다.

"그렇구나. 네 이름이 유명해지려면 필연적으로 다른 이들의 패배 소식이 알려져야 해. 그걸 좋아할 사람은 없겠지."

"그래, 그럴 거다."

"하지만 마교도 맹점이 하나 있지 않나?"

"맹점?"

"검존이 패한 것도 드러나야 한다는 거 말이야. 그건 그들에게도 부담일 텐데?"

송찬의 의문에 벽사흔이 고개를 저었다.

"그건 마교의 입장이 다른 곳과 차이가 있기 때문이야. 백도에서 마교와 비슷한 입장을 가진 곳이라면 이번에 현천검작을 낸 무당이 되겠다. 무당은 현천검작이 내게 패했다고 인정해도 손해날 게 없어."

"아니, 왜?"

"무극검황이 버티고 있으니까."

"아~! 그럼 마교도?"

"맞아. 검존이 패했다고 해도 거긴 멸겁도황이 버티고 있지. 여전히 삼황에 오른 내 이름과 어깨를 나란히 할 최강의 고수를 보유하고 있는 거야. 하지만 다른 문파들은 다르다. 자파 최강의 고수가 내게 패했어. 그건 이황을 보유했던 마교와 무당처럼 그들이 우리 진마벽가에게……."

"고개를 숙여야 한다는 거로구나."

뒷말을 대신 잇는 송찬의 말에 벽사흔이 고개를 끄덕였다.

"맞아. 그들의 입장에선 죽기보다 싫은 일이겠지."

"그럼 진원지는 마교가 거의 확실하겠는데."

"아마도."

"이 소문이 우리에게 이익일까?"

"글쎄, 그건 두고 봐야 하겠지. 다만 소란스러워질 것은 분명할 텐데. 난 그게 싫다."

"그러게 왜 밀역은 건드리고 그래. 네가 삼황으로 인정을 받으면 계림 인근 백 리는 자동적으로 밀역이 되는 거잖아. 원래대로라면 소란스러울 일이 없지."

송찬의 핀잔에 벽사흔이 볼을 긁적였다.

"누가 이렇게 될 줄 알았나."

† † †

크고 작은 천막들이 길게 늘어서 있는 산자락으로 일단의 군병들이 진입하기 시작했다.

도처에서 호각이 울고, 무장한 무사들이 천막군을 둘러싸고 군병들과 대치하고 섰다.

"이게 무슨 짓이오?"

단리세가의 가주인 십자패도, 단리격의 외침에 갑주를 걸친 장수가 앞으로 나섰다.

"도지휘사 대인의 명이시다. 즉시 천막을 철거하고 이곳을 비워라!"

"이곳에 천막을 치고 사는 것도 안 된단 말이오?"

"이곳은 나라의 땅. 폐하의 토지에 어찌 감히 무장하고 머물 생각을 했단 말인가! 속히 천막을 걷어 물러나라!"

"아이들의 울음소리가 들리지도 않소? 예서까지 내쫓으면 도대체 어디로 가란 말이오?"

"그것은 내가 알 바가 아니다. 난 상부의 명을 따를 뿐! 뭣들 하느냐, 속히 천막을 걷어라!"

장수의 명에 이천 정도로 보이는 병사들이 우렁차게 외쳤다.

"예!"

이내 병사들이 들이닥쳐 마구잡이로 천막을 무너트리기 시작했다. 이미 사람들이야 모두 천막 밖으로 나왔으니 다친 이들은 없다지만, 그나마 급한 대로 마련해 놓았던 집기들은 쓰러지는 천막 기둥에 부딪치거나 깔려 부서지고 있었다.

그 모습을 보면서도 단리격은 주먹을 굳게 움켜쥘 뿐, 아무것도 할 수 없었다. 겨우 이천의 병사들만으로 이런 짓을 벌이는 것이 자신들의 반항을 불러일으키기 위한 술책임을 알기 때문이었다.

병사들이 휩쓸고 간 산자락은 모든 것이 사라져 있었다. 그들은 다시 천막을 치는 것을 금한다는 이유를 들어 천막과 그 안에 든 집기마저 모조리 수레에 싣고 갔다.

이제 정말 오갈 데 없는 신세가 되어 버린 것이었다.

"자금은 얼마나 있나?"

단리격의 물음에 총관이 답했다.

"유 소회주가 주었던 계약금 중에서 이만 냥이 남았습니다."

육십만 냥을 넘던 돈이 달랑 이만 냥으로 줄었다. 어떻게든 장원을 지키기 위해 밑 빠진 독에 물 붓기란 것을 알면서도 돈을 쏟아부은 탓이었다.

"그 정도로 장원을 구할 수 있겠나?"

"운남에서 말씀이십니까?"

"육십만 냥으로도 못 구했던 장원을 무슨 수로 이만 냥에 구하겠나. 다른 지역을 말하는 걸세."

"일단 벗어나 봐야 알겠습니다만… 그 돈으론 가솔들이 모두 살 만한 집을 얻기엔 어려울 것입니다."

"무사들이야 한뎃잠을 자면 어떻겠냐만 노인과 아이들, 그리고 여인들이 문제가 아니겠나."

"그들을 전부 수용하자면… 역시 부족할 겁니다."

총관의 비관적인 예상에 단리격이 물었다.

"하면 전혀 방법이 없단 말인가?"

"거대 장원을 빌리는 방법이 있겠습니다만……."

"그리 당하고도 또 임대료를 내자는 말인가?"

"운남에서야 순무의 장난질에 놀아날 수밖에 없어서 그랬습니다만, 외부라면 적어도 이삼 년 정도는 묵을 만한 돈이 될 것입니다."

"하면 어디로 가는 게 좋겠나?"

"그래도 작게나마 인연이 있는 곳이 낫지 않겠습니까?"

"어디? 화산을 말하는 겐가?"

"그곳은 저희가 발을 들이기 어려울 것입니다."

"하면?"

"광서가 어떻겠습니까?"

"광서라……?"

"유충 소회주가 그곳에 있다 들었습니다."

돈이 부족한 상태니 상회를 운영하는 유충의 곁으로 가자는 뜻이다.

듣고 보니 나쁘지 않았다.

"괜찮은 생각인 것은 같네만… 해당 지역의 문파는 어떤가?"

"신경 쓸 정도의 문파라면 검각과 요사이 새로 일어났다는 진마벽가입니다만, 그 정도는 우리 단리세가의 능력이라면 충분히 제어가 가능할 것이라 사료됩니다."

"알았네. 하면 그리하지."

"예, 그럼 곧바로 이동하겠습니다."

"그렇게 하게."

단리격의 결정이 내려지자 오천에 달하는 가솔들이 분주하게 움직이기 시작했다. 마차와 수레조차 없는 초라한 행렬이 그렇게 운남을 떠나고 있었다.

 운남을 출발한 지 보름. 무사들이 안고, 업고 경공을 써 가며 움직였지만 여정 속에 연로한 노인들을 중심으로 다수의 피해가 발생했다.

 사망자들 중에 여인의 비중이 절대적으로 높았던 것은 무공을 익히지 않은 노파들이 힘든 노숙과 긴 여정을 견디지 못한 결과였다.

 피눈물을 흘리며 길 중간중간 죽은 어머니를, 할머니를 묻으며 단리세가의 가솔들은 끊임없이 걷고 또 걸었다.

 그렇게 도착한 광서였지만 그조차도 쉽지 않았다.

"멈추시오!"

 길게 이어진 단리세가의 행렬을 가로막은 것은 관군이 아니라 검각의 검수들이었다.

"무슨 일이오?"

"검각의 용주 분타주입니다. 단리세가의 가주이신 십자패도 대협 되십니까?"

"그렇소만."

"외람되오나, 어인 일로 광서로 접어드시는지 알려 주실 수 있으시겠습니까?"

 견제다. 외부 세력이 자신들의 영역으로 들어서지 못하도록 막는…….

"세가를 이전 중이오."

이미 소문이 파다하게 퍼졌을 테니 숨긴다고 모를 이들이 아니다. 그렇기에 십자패도는 정면 돌파를 선택했다.

"이전 지역이 설마 광서이십니까?"

"그렇소."

"본 각의 각주님과 상의는 있으셨습니까?"

그것이 예의다. 적어도 검각이 광서 남부에선 패자의 위치였으니까.

"우린 광서 북부로 갈 생각이오."

"북부… 어디를 말씀하시는 것인지?"

"계림이오."

진마벽가가 있다지만 이름도 가물거리는 그따위 신생 문파를 걱정할 정도로 단리세가는 약하지 않았다.

그 탓에 십자패도는 전격적으로 기존 세력이 있는 계림에 자리를 잡기로 했다. 그런 결정의 바탕에는 유충이 계림에 머물고 있다는 점과, 진마벽가가 자신들이 머무르기에 충분한 장원을 가지고 있다는 점이 골고루 반영된 것이었다.

"진… 심이십니까?"

물어 오는 검각 분타주의 음성이 신경에 거슬렸다. 그건 마치 자신들을 걱정하는 듯한 음성이었기 때문이다.

"농이나 하자고 그 먼 길을 온 건 아니오."

"혹, 진마벽가엔 통보하셨습니까?"

"그럴 필요를 못 느꼈소."

십자패도의 말에 묘한 미소를 지은 검각 분타주가 비켜섰다.

"길을 열어 드려라. 계림으로 가신단다."

분타주의 명에 검각의 검수들이 절도 있는 동작으로 길을 열었다.

너무 쉽게 통과시켜 주는 것이 조금 마음에 걸렸지만, 어차피 이들의 구역은 광서 남부에 한정되어 있다는 기억을 되살리며 발걸음을 재촉했다.

† † †

벽갈평의 요청으로 소집된 벽가의 회의는 조금 묘한 분위기가 감돌고 있었다.

"그러니까 단리세가 애들이 지금 계림으로 오고 있다?"

"예. 검각에서 보내온 서신에 따르면, 대략 오천가량의 가솔을 이끌고 이동 중이랍니다."

"오천? 개들 무사가 그렇게 많았나?"

벽사흔이 물음에 벽갈평이 헛기침을 했다.

"험험… 이미 말씀드렸다시피 가솔들입니다."

"무슨 차인데?"

"그게… 무사만 있는 게 아니라 가족 전부를 이끌고 이동

중입니다."

"아니, 왜?"

"그들의 표현을 빌리면 이… 사 중이랍니다."

"이사? 어디, 이 계림으로?"

"예."

"계림 어디로 이사 오는데?"

"그건 아직……?"

"뭐, 와 보면 알겠지. 다음 안건은 뭐야?"

시큰둥하니 다음 안건을 묻는 벽사흔에게 벽갈평이 당황한 표정으로 물었다.

"저기… 그들이 이사 오는 곳이 계림입니다."

"알아. 아까 말했잖아."

"그게… 우리가 사는 이 계림 말입니다."

"그래. 알았다니까."

여전히 시큰둥한 반응인 벽사흔에게 송찬이 물었다.

"너, 한 도시에 두 개 문파가 있어도 된다고 생각하지?"

"당연한 거 아니야? 내가 여기 맨 처음 돌아왔을 때 무관이 몇 개였는데. 두 개는 우습지, 뭐."

벽사흔의 답에 사람들의 표정에 당혹과 당황, 나아가 창피함까지 드러나고 있었다.

"뭐, 무슨 문제라도 있나?"

"한 도시에 두 개 문파. 그래, 있을 수 있지. 네 말대로 작은 문파거나, 아니면 무관이라면. 하지만 우리나 단리세가나 둘 다 거대 문파야. 계림을 나눠 먹기에는 덩치들이 너무 크지."

"나눠 먹어? 뭘?"

"계림에서 나는 수익. 예전에 대륙 상회가 평가를 내팽개치고 어딜 보호 문파로 지정했었는지 기억 안 나?"

"아!"

그제야 생각이 난 것이다.

"그럼 막아야지."

벽사흔의 말에 송찬이 물었다.

"어떻게?"

"여기가 우리 땅인 걸 알려 주면 되는 거 아니야?"

말하는 벽사흔의 눈빛이 살기로 노랗게 물들어 가는 걸 바라보며 송찬이 말했다.

"말했잖아. 모든 가족을 다 데려온다고. 아들, 손자, 며느리 다 손잡고. 걔들 다 목 따 버리게?"

송찬의 말에 벽사흔의 눈에서 노란빛이 급격히 사그라졌다.

"그럼 어쩌라고?"

"그러니까 그거 의논하자고 모인 거잖냐."

말은 그렇게 했지만 달리 뾰족한 방법은 나오지 않았다. 무사들만 들어왔다면 막말로 모조리 박살을 내든지 목을 따든지 하겠지만, 송찬의 표현대로 아들, 손자, 며느리 다 데리고 들어오는 이들을 물리적으로 제지하긴 쉽지 않았다.

그 탓에 제대로 된 해법을 마련하지 못하고 주저하는 사이, 어느새 단리세가의 가솔들이 계림으로 들어서고 있었다.
"머, 멈추십시오!"
고함과 함께 달려온 자는 정찰을 겸해서 앞서 보냈던 세가의 무사였다.
"그래, 살펴보았더냐?"
가주인 십자패도의 물음에 무사가 잔뜩 겁에 질린 표정으로 말했다.
"빠, 빨리 여길 빠져나가야 합니다."
"빠져나가다니, 무슨 소리인 게야?"
"사, 삼황, 삼황이 이곳에 있답니다."
"삼황? 그건 또 무엇이더냐?"
"지금 강호에 삼황의 소문이 파다하다 합니다."
"글쎄, 삼황이 뭐냐니까?"
"무극검황과 멸겁도황에 버금가는 천외천의 고수가 나타났답니다. 그를 일러 사람들이 삼황이라 부릅니다."
"설마… 사실이더냐?"

"아직 확실하진 않으나 소문이 점점 명확해지고 있답니다."
"어떻게?"
"검존이 확인한 것이라고 합니다."
"검존이?"
"예, 가주님."
무사의 답에 십자패도가 무엇이 생각난 듯 다급히 물었다.
"한데 그 삼황이 이곳에 있다는 건 또 무슨 소리더냐?"
"그게… 삼황이 이곳에 자리 잡고 있는 진마벽가의 가주라 합니다."
"뭐? 무슨 그런 말도 안 되는……."
 말을 하고 보니 마음에 걸리는 일들이 하나둘씩 떠오르기 시작했다.
 계림으로 간다고 말할 때 검각의 분타주가 지어 보였던 표정부터, 자신들이 지나가는 모습을 보는 사람들의 표정에서 공통적으로 떠오르던 눈빛은 동정이었다.
 그것이 근거지를 잃고 떠나온 것에 대한 측은지심이라고 생각했었는데, 그게 아니었던 모양이다.
"가주님, 빨리 빠져나가야 합니다."
 정찰을 나갔던 무사의 독촉에 이어 총관이 걱정스런 표정으로 물었다.
"어찌… 할까요?"

"물러나면 갈 곳은 있겠나?"

"갈 곳을 찾는 것이 문제가 아니라, 가솔들이 더 이상 버티지 못할 겁니다."

총관의 말에 뒤를 돌아보니 여기저기 주저앉아 지친 몸을 쉬고 있는 가솔들이 보였다. 무사들은 아직 괜찮아 보였지만 여인들과 아이들, 특히 노인들의 상태는 한계치를 이미 넘긴 듯 보였다.

가솔들의 모습을 바라보던 십자패도가 정찰에서 돌아온 무사에게 진중한 음성으로 물었다.

"네가 듣고 온 소문, 얼마나 신빙성이 있더냐?"

"대부분의 사람들은 믿는 듯했습니다."

"헛소문일 가능성은?"

"가능성이야 있겠지만……."

"저들이 정말 삼황의 세가이면 우린 가솔들의 죽음을 담보로 다른 곳으로 떠나야 한다. 하니 확실히 고해야 한다. 헛소문일 가능성이 있겠느냐?"

십자패도의 물음에 지친 가솔들을 바라보던 무사가 이를 악물더니 고개를 끄덕였다.

"가능성은… 있습니다."

무사의 답이 나오기 무섭게 십자패도의 명이 떨어졌다.

"무사들을 모아라. 전력으로 진마벽가를 친다! 이 한 번의 싸움으로 살고 죽고를 결정할 것이다!"

결연한 십자패도의 음성에 단리세가 무사들이 저마다 이를 악물었다. 그들도 더 이상 물러날 곳이 없다는 것을 알고 있기 때문이었다.

 해가 진 벌판을 칠백이 넘는 무사들이 소리 없이 움직이는 모습은 그 장면만으로도 두려움을 주기에 충분했다.

 시내를 통과하지 않고 빙 돌아 이강변에 도착한 단리세가의 무사들은 단리격의 지시에 따라 조용히 강물 속으로 들어갔다.

 강 건너에 있는 진마벽가로 가려면 이강을 건너는 다리를 통과해야 하는데, 그곳은 진마벽가의 경비 무사들이 배치되어 있었던 것이다.

 그래서 선택한 것은 도강이었다.

 잔물결 소리도 나지 않을 정도로 조심히 도강한 단리세가의 무사들이 사전에 약속된 대로 진마벽가를 빙 둘러싸며

흩어졌다.

　세가의 무사들이 저마다 자리를 찾아가는 것을 확인하며 단리격은 자신의 뒤를 따르고 있는 총관에게 말했다.

　"일진과 함께 내가 담을 넘어 문을 열 것이다. 문이 열리거든 지체 없이 나머지 무사들을 이끌고 돌입하여 저들을 제압해야 한다."

　"제압 못하면?"

　"그럼 우리 가솔은 다 죽는 거다."

　"꼭 그 방법뿐일까?"

　"도대체 무슨 소리를……."

　버럭 화를 내며 뒤를 돌아보던 단리격의 얼굴은 딱딱하니 굳어 버렸다.

　정신을 잃고 쓰러진 총관 옆에서 처음 보는 사내가 자신을 싱글거리며 보고 있었던 것이다.

　"누, 누구냐?"

　"나? 저 집 주인."

　벽사흔의 답에 단리격은 땅이 꺼지는 듯한 느낌을 받아야 했다.

　뒤로 다가와 총관을 제압할 동안 아무것도 느끼지 못한 상대.

　소문처럼 삼황인지 아닌지는 몰라도, 초극의 극의로 제하삼십이강인 자신은 분명 가뿐히 넘는 실력을 가진 사람이었다.

제하삼십이강의 위면 하나뿐이다.

십대고수.

부친인 도군이 없는 이상 이 싸움은 이미 진 것이었다.

"무, 물러가겠다면 보내 주시겠소?"

"싫은데?"

"그, 그럼 나만으로 끝낼 수 없겠소?"

"내가 왜?"

벽사흔의 답에 단리격이 이를 악물고 말했다.

"하면… 가솔들만이라도……."

"그럼 가솔들 버리고 살겠다고?"

"무, 무슨 소리요?"

의아한 표정인 단리격에게 벽사흔이 물었다.

"계속 이렇게 쪼그리고 앉아서 대화해야 하는 거야?"

"아, 아니요."

"그럼 일어나자. 힘들다."

벌떡 일어나자 주변이 술렁거린다.

그럴 수밖에 없는 것이 자신들의 가주가 있는 곳에서 엉뚱한 사람이 일어났기 때문이다.

놀랍고, 당황스러움을 추스르며 단리격이 일어나자 술렁임은 천천히 가라앉았다.

"가지. 참! 애들 밥 먹었나?"

"그… 아직……."

"가솔들은?"

"그들도……."

"가족들 밥도 안 먹이고 너 뭐하는 작자야?"

난생처음 보는 벽사흔의 핀잔에도 단리격은 아무 변명도 할 수 없었다.

무사들은 둘째 치고, 가솔들 밥조차 못 먹이는 자신이 정말 뭐하는 사람인지 알 수 없었던 것이다.

고개를 푹 숙이는 단리격을 못마땅한 표정으로 바라보던 벽사흔이 벽가를 향해 고함을 쳤다.

"문 열어! 애들 밥도 못 먹었단다. 밥 먹여라!"

고함이 끝나기 무섭게 굳게 닫혀 있던 문이 열리며 수레들이 줄지어 나왔다.

"뭐해, 애들 안 불러?"

"아, 예……. 전부 나오거라!"

단리격의 외침에 단리세가의 무사들이 주춤거리며 하나둘 일어나 다가오기 시작했다.

식사는 진마벽가 앞에서가 아니라 가솔들이 머물고 있던 계림 입구에서 이루어졌다.

따듯한 밥과 국물이 실린 수레를 진마벽가의 무사들이 그곳까지 날라다 준 덕이었다.

"많이 먹거라."

밥을 국에 말아 허겁지겁 먹는 아이들을 다독이며 단리격은 오랜만에 편안한 마음이 되어 있었다.

그렇게 가솔들을 챙긴 단리격은 저만치 나무 기둥에 기대어 서 있는 벽사흔에게 다가갔다.

"고맙습니다."

정중히 포권하는 단리격에게 벽사흔이 물었다.

"넌 밥 안 먹어?"

"저 모습만 봐도 배가 부릅니다."

"지랄, 쳐다만 본다고 배부르면 객잔은 다 망했겠다. 따라와."

단리격은 순간 자신의 손을 잡아끄는 벽사흔의 손길에 놀라야 했다.

마음을 풀어 놓고 있었다지만, 언제 잡혔는지도 모르게 상대에게 완맥이 있는 손목을 내어 줬기 때문이다.

그렇게 억지로 끌어다 앉힌 벽사흔은 따듯한 국물과 밥을 퍼서 단리격의 앞에 놓았다.

"먹어. 네가 먹고 힘내야 저들을 지킬 수 있는 거다."

그 말에 목이 멤에도 밥을 우겨 넣었다. 그런 단리격을 벽사흔은 물끄러미 바라보고 있었다.

† † †

식사가 끝나고 배가 부르자 주변의 무사들만 아니라 단리세가의 가솔들도 주변 상황을 인식하기 시작했다

그렇게 눈치를 보는 이들을 둘러보던 벽사흔이 단리격에게 말했다.

"일단 가자."

"어, 어딜?"

"어디긴, 우리 집이지. 일단 아쉬운 대로 끼어서 자자고. 자고 나서 이야기는 내일 하자."

그 말만 건네더니 자신의 답은 들어 보지도 않고 벽가의 무사들에게 지시를 했다.

"수레에 노인들과 어린아이들을 태워라. 집으로 갈 것이다."

단박에 웅성거림이 들려왔다.

그것은 단리세가의 무사들만이 아니라 수레를 가져온 벽가의 무사들도 다르지 않았다.

한데 그 웅성거림은 벽사흔의 인상 한 방에 사라졌다.

"이것들이 빨랑빨랑 안 움직여!"

크게 소리를 지르지도 않았다. 하지만 그 한마디에 벽가의 무사들은 물론이고, 잠시지만 단리세가의 무사들까지 황급히 움직이게 만들었다.

벽사흔의 기세에 완벽히 눌린 탓이었다.

가주와 무사들이 착잡하거나 말거나 집으로 가자는 벽사흔

의 말에 수레에 냉큼 올라탄 아이들은 신나는 표정이었다.

 꾸역꾸역 밀려 들어오는 사람들을 벽가의 무사들은 복잡한 시선으로 바라보았다.
 벽가로 들어서는 단리세가의 사람들도 낯선 풍경과 벽가 무사들의 모습에 주눅이 들어 보였다.
 그런 두 집단의 사람들을 바라보던 벽사흔이 대장로를 불렀다.
 "갈평."
 "예, 가주님."
 "대충 나눠서 잠자리 봐줘. 오늘은 좀 불편하겠지만 일단 지내보자고. 내일은 대책을 세워 볼 테니까."
 "아, 알겠습니다."
 복명한 벽갈평이 우두커니 서 있는 벽가의 무사들을 닦달해서 사람들을 분리하자, 언제 깨어나 합류했는지 단리세가의 총관이 단리격의 눈치를 보더니 슬그머니 벽갈평을 돕기 시작했다.
 가솔들과 무사들이 모두 나눠지자 벽갈평이 단리격과 총관을 자신의 방에서 자자며 끌고 갔다.
 비로소 잠시 부산스럽던 벽가의 밤에 다시 고요함이 내려앉았다.

그 어떤 때보다 부산스럽고 소란스런 아침이었다.

여기저기서 가족을 찾아 외치고, 어디서 씻어야 하는지 몰라 우왕좌왕하는 이들이 벽가를 가득 메웠다.

그들 사이를 뛰어다니는 벽가 아낙들의 발걸음이 바빴다.

다른 날보다 반 시진 정도 늦은 아침 시간, 식당은 식탁 위뿐이 아니라 지나갈 길을 뺀 모든 공간에 음식이 놓였다.

벽가, 단리세가 차별하지 않고 뒤섞였다. 단리세가의 가솔이 식탁에서 먹기도 하고, 벽가의 가솔이 평석을 깐 바닥에서 밥을 먹었다.

그 소란스럽고 와자지껄한 식사 시간이 지나자 벽가의 아낙들이 언제나처럼 차를 내왔다. 사람이 늘어난 탓에 찻잔이 모자라자 급하게 씻어 나온 그릇들이 찻잔 대용으로 등장했다.

그 모습에 사람들의 입가에 웃음이 달렸다.

후식까지 챙겨 먹고서야 벽사흔은 단리격과 함께 진마전으로 향했다. 수행한 이들은 송찬과 벽갈평, 단리세가에선 총관뿐이었다.

그렇게 식당을 나서는 사람들의 모습을 호기심과 걱정, 그리고 불안감이 담긴 시선으로 두 세가의 가솔들이 바라보고 있었다.

진마전에 마주 앉자 단리격은 감사의 인사부터 했다.

"벽 가주님의 호의에 깊은 감명을 받았습니다. 받은 은혜가 큽니다."

"밥 한 끼 먹이고, 하룻밤 재웠어. 그 정도는 촌부도 지나가는 길손에게 베풀 수 있는 거야."

벽사흔의 말에 단리격은 작게 미소 지었다.

"웃긴, 네가 지금 웃을 상황이냐?"

벽사흔의 핀잔에 금세 시무룩해지는 단리격이었다. 그런 단리격에게 벽사흔이 물었다.

"정말 계림에 머물 생각이야?"

"아, 아닙니다."

은혜를 원수를 갚는 법은 없다.

아니, 은혜를 원수로 갚으려 해도 능력이 따라 주지 않는다는 걸 이미 뼈저리게 느낀 후였다.

"그럼 어디 다른 데 갈 곳은 있고?"

"……."

아무 답도 못하는 단리격을 바라보던 벽사흔이 물었다.

"세 살래?"

"예?"

"세 몰라? 다달이 대가를 치르는 세 말이야."

"아, 압니다."

"합산이란 곳에 불탄 장원 터가 있어. 예전에 금홍장이 있던 곳인데 지금은 우리 소유지. 그곳도 괜찮다면 거기로 가.

일거린 많이 못 줘. 광서 북부에 대한 관리를 줄 거고 대가는 금자 이만 냥 남짓이야. 우린 거리가 있어서 더 못 긁어들이지만, 그곳에 자리 잡고 긁으면 한 이만 냥쯤은 더 긁어낼 수 있다니까 나쁘진 않을 거야. 어때, 해 볼 거야?"

좋고 나쁘고를 따질 계제가 아니었다. 당장 머물 곳이 생기고 수익도 생긴다는데 마다할 수 없었다.

"하, 하겠습니다."

"그냥 주는 건 아니야. 광서 남부를 검각이 관리하며 인정했듯, 광서에서의 진마벽가에 대한 패권을 인정해야 해. 연판장에 수인도 찍어야 하고."

한마디로 진마벽가에 고개를 숙이라는 말이다.

다른 때 같으면 죽으면 죽었지 못한다고 버티겠지만, 지금 같은 상황에서는 그런 것을 따질 형편이 아니었다.

"그래도… 하겠습니다."

"후회… 없겠어?"

"어찌 이만한 일에 후회가 없겠습니까만… 이것이 최선이었다는 것은 변하지 않을 겁니다."

"그러면 됐어. 야평아!"

벽사흔의 부름에 벽야평이 들어왔다.

"예, 가주님."

"단리 가주 데려가서 접객원에 있는 연판장에 수인을 받아라."

"예, 가주님."

복명한 벽야평이 안내를 하자 단리격이 자리에서 일어섰다. 그런 그를 벽사흔이 불렀다.

"금홍장에 건물을 짓는 동안은 이곳에 머물러도 좋아. 한 두어 달이면 될 거다."

"아닙니다. 근처에 천막 치고 살면 됩니다."

"천막은 우리한테 많이 있다. 갈 때 가져가라."

벽가의 가솔들이 지금의 장원을 세우는 동안 사용했던 천막들이었다.

"감사합니다, 벽 가주님."

정중히 포권을 취해 보인 단리격이 나가자 참고 있던 벽갈평의 불만이 쏟아져 나왔다.

"도대체 무슨 생각이십니까? 가뜩이나 재원이 부족한 마당에 이만 냥을 떼어 주시다니요."

"우리 몫에서 떼어 주는 건 아니니까 그렇게 핏대 세울 필요 없어."

생각지 못한 벽사흔의 말에 벽갈평이 어리둥절한 표정으로 물었다.

"그게 무슨 말씀이십니까?"

"단리세가에 양보할 이만 냥은 북부를 관리하는 대가로 검각에 주던 돈이야."

"그럼 검각은 어찌……?"

"예전처럼 남부만 맡아야겠지."

"항의를 하지 않을까요?"

"뭔 반발? 제대로 막지 못해서 단리세가 애들이 우리 집 앞마당까지 들어오게 만들어 놓구선. 놈들은 입이 열 개가 있어도 할 말 없을 거다. 그러니 상관없어."

"만에 하나 반항을 하면……."

"뒈지는 거지!"

단호한 벽사흔의 말에 벽갈평은 고개를 숙일 수밖에 없었다.

† † †

검각의 수뇌부는 진마벽가에서 날아든 문서를 놓고 잔뜩 가라앉아 있었다.

"이건… 횡포입니다. 어찌 이렇게 자신들 마음대로……. 항의해야 합니다, 각주님."

이재각을 맡고 있는 장로의 강력한 주장에 각주인 백천이 입을 열었다.

"그 부분은 여기 적혀 있지 않소. 단리세가의 무리가 광서로 진입하는 것을 그대로 묵과한 행동에 대한 책임을 묻는 것이라고 말이오. 그냥 들여보내 보자고 주장한 것이 바로 장로인 듯한데, 아니오?"

백천의 말에 이재각의 장로가 얼굴을 붉히며 입을 닫았다.

그런 그에게서 시선을 돌린 백천이 대장로인 초광을 바라보았다.

"대장로는 어찌 생각하시오?"

"삼황에 대한 소문을 확인하고자 단리세가의 무리를 통과시킨 것이 우리의 실책이었습니다."

"결과만 놓고 보면 그런 듯하군요."

"더구나 단리세가가 저리 쉽게 꺾인 것으로 보아선… 소문도 사실일 가능성이 높아 보입니다."

"흠… 저도 그리 생각합니다. 이번엔 우리의 실책으로 신뢰도 잃고, 실리도 잃은 듯합니다."

"그리 판단해야 할 듯합니다."

"하면 이 요구는……."

"수용하는 수밖에는 없을 듯합니다."

대장로, 초광의 말에 백천의 고개가 끄덕여졌다.

"동의합니다. 그럼 이 일은 그리 처리하지요."

각주와 대장로의 의견만으로 사안이 통과되어 버렸다.

그것은 단리세가의 무리를 그냥 통과시켜 진마벽가의 허실을 직접 확인해 보자는 주장을 장로들이 강력하게 펼친 것에 대한 일종의 견책이었던 것이다.

이번 일로 검각은 수백 년 만에 찾았던 광서 북부의 관리권을 다시 상실했다. 그들은 시일이 흐른 뒤 그것이 얼마나 뼈아픈 실책이었는지를 깨닫게 되지만, 그건 너무 늦은 뒤의 일이었다.

 진마벽가가 단리세가가 정착할 곳으로 내어 준 합산은 귀주와 호광에서 광서의 성도인 남녕으로 들어가는 길목에 위치하고 있었다.

 과거 그곳의 패자를 자처했던 문파는 금홍장으로, 한때 광서 북부 무림회를 만들어 진마벽가에 저항하다 적몰된 곳이었다.

 단리세가가 자신들의 장원을 다시 세우게 된 장소가 바로 옛 금홍장의 건물 터였다.

 단리격은 겨우 이만 냥으로 어떻게 이곳에 전각을 다시 세울까 걱정하고 있었는데, 진마벽가에서 오만 냥이란 거금을 보내왔다.

그것은 벽갈평의 반대를 무릅쓰고 벽사흔이 조부가 감춰 두었던 보물을 처분한 돈에서 보내 준 것이었다.

그 돈이 보충되자 단리세가는 굉장히 빠른 속도로 장원을 세울 수 있었다.

그렇게 새로 세워진 단리세가로부터 전 중원을 향해 재개파를 알리는 배첩이 전달되었다.

단리세가가 재개파 준비로 정신이 없을 때, 일단의 사람들이 합산으로 들어서고 있었다.

짐을 실은 마차와 수레를 이끄는 이들의 행색은 영락없는 상인의 그것이었다.

그러고 보니 그들의 앞엔 대륙 상회를 뜻하는 깃발이 세워져 있었다.

행렬의 중간, 상행의 수장으로 보이는 노인이 마차에서 고개를 내밀자 뒤에서 따라오던 장년인 한 명이 마차 곁으로 다가왔다.

"얼마나 더 가야 하는 게요?"

장년인의 물음에 마차에서 고개를 내민 노인이 주변 정경을 살피더니 답했다.

"거의 다 온 듯합니다, 도군 대협."

"알겠소, 수 회주."

도군의 호칭에 미소를 짓는 노인은 대륙 상회에서 주사부를 이끌었던 바로 수 노였다.

그들이 다시 일어서는 단리세가로 다가서고 있었다.

† † †

새로 지어진 탓에 나무 냄새가 아직 빠지지 않은 의사청에 마주 앉은 이들 사이로 침묵이 내려앉아 있었다.

"기반을 버리다니 제정신인 게냐? 그 땅이 어떤 의미이고, 그 장원이 어떤 곳인지 정녕 몰랐단 말이냐?"

이곳에 들어서자마자 고함을 지르기 시작한 도군은 벌써 이각(30분)째 고래고래 소리를 지르고 있었다.

그는 가주인 단리격의 말도, 총관의 설명도 들으려 하지 않았다.

도군은 마치 운남이란 지명과 대리 왕실로부터 받은 장원이 단리세가 그 자체라 생각하는 것 같았다.

그런 그에겐 육십만 냥 가까운 돈을 퍼부으며 장원을 지키려 들었던 노력도, 운남을 떠나지 않기 위해 이름 없는 산자락 천막에서 온 가솔들이 몇 달을 버텨 냈던 것도 가치 없게 느껴지는 모양이었다.

하지만 단리격과 총관은 그 시간을 겪으며 느꼈던 감정들을 한시도 잊어 본 적이 없었다.

특히 천막마저 빼앗기고 내쫓기듯 운남을 떠나던 날을, 새로운 정착지를 찾아 떠돌며 길바닥에 묻은 단리세가의 어머니들을 잊을 수 없었다.

 하지만 근 일 년 만에 돌아온 도군은 그 모든 것이 운남과 장원을 버린 것만 못하다 화를 내고 있었다.

 그런 도군을 바라보며 단리격은 그가 과연 단리세가를 수십 년간 무리 없이 이끌어 왔던 그 사람인지 의심스러울 지경이었다.

 자신이 기억하는 부친은 가솔을 제 몸처럼 아끼고 사랑하던 사람이었다.

 그러나 지금 눈앞에서 고함을 지르고 있는 이는 명분과 형식만을 부르짖는 고집쟁이 같았다.

 "더구나 다른 문파의 패권을 인정하고, 고개를 숙이고 들어가다니. 칼을 물고 죽을지언정 네놈들이 어찌 감히!"

 말을 하며 자신의 분노에 휘둘려 부들부들 떠는 도군의 손을 단리격이 잡았다.

 "아버님, 버리고 온 것이 아니라 버림을 받아 온 것입니다. 터전을 떠난 것이 아니라, 지킬 터전을 잃었던 것입니다. 그것을 지키기 위해 들였던 가솔들의 노력을 외면하지 말아 주십시오."

 진심을 담았다. 자신과 가솔들의 진심을.

 하지만 도군은 그 진심을, 따듯이 잡은 손을 내쳤다.

 "괴변이나 듣자는 말이 아니니라. 더 이상 네게 세가를 맡길 수 없음이니 가주의 자리에서 내려오거라."
"태, 태상가주님!"
놀란 총관이 끼어들었지만 날벼락은 그에게도 떨어졌다.
"네놈도 마찬가지이니라. 감히 단리의 위업과 역사를 말아먹는 일에 동참을 하다니, 결코 용서받지 못할 게다."
쾅-!
거칠게 의자를 박차고 일어선 도군이 의사청을 나가 버렸다. 그 모습을 지켜보는 단리격과 총관의 마음은 무너져 내리고 있었다.

마치 작정이라도 하고 돌아온 듯 도군은 머뭇거리지 않았다.
태상가주의 권위로 장로 회의를 소집해서 단리격의 가주 자격을 정지시켜 버렸다.
애초엔 박탈을 할 생각이었지만 장로들의 반대에 부딪쳐 뜻을 관철시키지 못했던 것이다.
하지만 총관은 된서리를 맞았다.
세가의 역사와 명예를 바닥으로 끌어내리는 데 중심 역할을 했다는 오명을 쓰고 강제 축출되었던 것이다.
사지근맥을 자르고 단리의 무공을 회수해야 한다고 주장하는 도군의 눈을 피해 도망치듯 단리세가를 떠나는 총관에게 단리격은 미안하다는 말조차 할 수 없었다.

세가가 가장 힘겨울 때 가솔들의 마음을 다독이고, 오욕을 도맡아 뒤집어썼던 총관이 그렇게 세가를 떠났다.

총관을 쫓아낸 도군은 세가의 명예를 되찾길 원했다.

"감히 단리의 이름 위에 누가 존재할 수 있는가? 진마벽가의 패권을 인정할 수 없다는 서찰을 보낼 것이다. 아울러 광서 북부의 주인으로 거듭날 것이다."

도군의 선포와 함께 선전포고장과 다름없는 서찰이 진마벽가로 떠나는 것을 단리격은 두 손 놓고 바라만 봐야 했다.

서찰이 떠난 날부터 단리세가는 도군의 지휘 아래 전쟁을 대비하기 시작했다.

무사들은 외부로 나가지 못했다.

전원이 무장을 갖추고 연무장에 모여 혹시라도 있을 적의 습격에 대비했다.

그런 상황에서 젊은 후기지수들이 단리격을 찾아왔다.

"가주님, 이렇게 방치해 두실 요량이십니까?"

"내겐 실권이 없다."

"하오나 지금 세가가 벌이는 일들은 의에서도, 협에서도 벗어나는 일들뿐입니다."

"단리가 백도에도 마도에도 선 적이 없으니 의니 협의니는 상관없다."

"하오면 도리조차 따르지 않아도 되는 것입니까?"

한 후기지수의 물음에 단리격은 숨이 막히고 가슴이 답답해져 오는 것을 느꼈다.

도리, 집을 빼앗겠다고 온 이들에게 밥을 먹이고, 잠자리를 내준 이들에 대한 도리.

결국은 새롭게 시작할 땅을 주고, 기반을 주고, 장원을 세울 재원마저 주었던 이들에 대한 도리.

다른 모든 것을 떠나서 단리세가가 그 도리를 칼로, 피로 갚겠다 말하고 있었다.

"가주님!"

자신을 부르는 후기지수들의 피 끓는 음성을 단리격은 외면할 수 없었다.

"배신의 이름으로 남을 수도 있음이다."

단리격의 말에 후기지수들의 얼굴이 대번에 밝아졌다.

"사람으로 죽을 수 있다면 감수할 수 있습니다."

후기지수들의 답이 피를 뜨겁게 달구었다.

"제대로 일어서기도 전에 죽음으로 끝이 날 수도 있다."

"의기 하나는 남기지 않겠습니까?"

자신도 이렇게 순수하던 시간이 있었던 걸까 싶은 생각이 들었다. 왠지 오늘 이전의 자신이 부끄러워지는 듯한 단리격이었다.

"좋다. 내 너희들과 함께 의기를 남기고, 사람으로 죽을 것이다."

"충심으로 따를 것입니다."

"사람들을 모아라. 믿을 수 있는 자, 함께 죽어 줄 수 있는 자, 결코 사람이길 바라는 자. 그런 자들만 모아라. 기한은 삼 일이다."

"존명!"

복명한 후기지수들이 흩어졌다.

이제 주사위는 던져졌다. 부친을 향한 배덕일지라도 멈추지 않을 것이었다.

나와 함께 죽어 줄 수 있는 사람을 떠올려 보았다.

'……'

함께 죽어 줄 수 있을 사람은 떠오르지 않았다.

풀썩 웃음이 나왔다. 어쩌면 세상을 헛살았는지도 모르겠다는 생각이 들었다.

세가를 이끄는 가주로 산 시간이 십 년이다. 그 시간 동안 내 사람을 만들지 못했다는 것이 지금처럼 후회된 적이 없었다.

심란한 내 마음과 달리 곱게 웃으며 차를 내오는 아내를 본다.

'함께 죽자면 따라 줄까?'

그러겠다고 나서도 말려야 할 사람이 뭐하는 생각인지…….

후기지수들에게 준 삼 일은 똑같이 내게도 삼 일을 주었다.

그들이 죽음을 함께 공유할 동지들을 찾는 동안 단리격은 자신의 말을 들어 줄 단 한 사람을 찾았다.

하얀색 종이를 깔고, 붓을 들었다.

삼 일을 다 보내고서야 겨우 찾아낸 이가 이틀간 얼굴을 맞댔던 외부인이라는 것에 어이가 없었다.

그래도 내 말을 들어 줄 것 같은 사람은 그뿐이었다. 마음을 담고, 진정을 담아 붓을 눌렀다.

'진마벽가 벽사흔 가주 친전.'으로 시작되는 단리격의 이야기가 긴 밤을 태워 하얀 종이를 채워 갔다.

서찰을 봉하고 믿을 만한 무사를 시켜 밖으로 보냈다.

이제 삼 일째 아침이 밝았다. 오늘 밤, 모든 것이 시작되고, 또 모든 것이 끝날 것이었다.

흙도 제대로 다져지지 않은 뒤편 연무장에 모인 무사들의 수는 겨우 이백이었다.

세가의 무사가 칠백인 것을 감안하면 삼분의 일에도 못 미치는 수였다.

더구나 대부분이 이류이거나 일류에 간신히 턱걸이한 젊은 무사들이었다.

저들 속에 초급에 이른 장로급 고수 두엇만 풀어놓아도 거사의 성공은커녕 자신들의 목숨을 지키기에도 버거울 것이 분명했다.

 하지만 그런 말은 입에 담지 않았다. 저들에게 이야기했듯이 그저 의기를 남기고 사람으로 죽고자 나섰기에.

"가족이다. 살상보단 제압을 우선으로 두어라. 장로원과 태상가주전을 제압하는 것이 관건이다. 피가 많이 흐를 것이다."

"이미 각오한 일입니다."

 후기지수들의 답이 가슴을 울렸다.

"모두가 기억하지 못한다 해도 내가 너희들을 기억할 것이다. 의젓하게 싸우고, 멋지게 죽자."

"충!"

"가자!"

 명령을 내렸다. 이제 화살은 시위를 떠났다.

5권에 계속

기적의 사나이

MAYA & MARU MODERN FANTASY STORY
박재학 현대 판타지 장편소설

Miracle Man

마루마야

1~2권 절찬 판매 중!!

은둔형 외톨이에서 '기적'으로
새로운 인생을 살게 된 훈.
초능력으로 세상을 지배하려는 자와
그의 세력들과 맞서 싸우는데······.
훈의 호쾌한 이중생활!

9서클 대마법사 그라함 에슈발트.
죽기 직전 아들의 마나를 봉인하지만
그의 재능까지는 막지 못했으니……
모든 이를 복종시키는 왕관을 눌러쓴
쥬앙 에슈발트의 군대는 절대 무적이다!

www.mayabook.co.kr

www.mayabook.co.kr

www.mayabook.co.kr

www.mayabook.co.kr